MANUAL
★ DE ★
SOBREVIVÊNCIA

TUDO O QUE VOCÊ PRECISA
SABER SOBRE A CULTURA
POP COREANA

K-P

BABI DEWET, ÉRICA IMENES, NATÁLIA PAK

MANUAL
★ DE ★
SOBREVIVÊNCIA

TUDO O QUE VOCÊ PRECISA
SABER SOBRE A CULTURA
POP COREANA

5ª REIMPRESSÃO

Copyright © 2017 Babi Dewet
Copyright © 2017 Érica Imenes
Copyright © 2017 Natália Pak
Copyright © 2017 Editora Gutenberg

Todos os direitos reservados pela Editora Gutenberg. Nenhuma parte desta publicação poderá ser reproduzida, seja por meios mecânicos, eletrônicos, seja cópia xerográfica, sem autorização prévia da Editora.

EDITORA
Silvia Tocci Masini

EDITORAS ASSISTENTES
Carol Christo
Nilce Xavier

ASSISTENTE EDITORIAL
Andresa Vidal Vilchenski

PREPARAÇÃO DE TEXTO
Nilce Xavier
Silvia Tocci Masini

REVISÃO
Andresa Vidal Vilchenski
Carla Neves

CAPA
Diogo Droschi

DIAGRAMAÇÃO
Ana Dobón
Diogo Droschi

Dados Internacionais de Catalogação na Publicação (CIP)
Câmara Brasileira do Livro, SP, Brasil

Dewet, Babi
  K-Pop : manual de sobrevivência : (tudo o que você precisa saber sobre a cultura pop coreana) / Babi Dewet, Érica Imenes, Natália Pak. – 1. ed. – 5. reimp – Belo Horizonte : Gutenberg Editora, 2020.

  ISBN: 978-85-8235-477-3

  1. K-Pop (Música) 2. Literatura juvenil I. Imenes, Érica. II. Pak, Natália. III. Título.

17-06534   CDD-780

Índices para catálogo sistemático:
1. K-Pop : Música 780

A **GUTENBERG** É UMA EDITORA DO **GRUPO AUTÊNTICA**

São Paulo
Av. Paulista, 2.073 . Conjunto Nacional
Horsa I . 23º andar . Conj. 2310-2312
Cerqueira César . 01311-940 . São Paulo . SP
Tel.: (55 11) 3034 4468

Belo Horizonte
Rua Carlos Turner, 420
Silveira . 31140-520
Belo Horizonte . MG
Tel.: (55 31) 3465 4500

www.editoragutenberg.com.br

"Nós somos diferentes,
mas não errados."
CL (2NE1)

A todos que ousam sonhar,
mesmo que esses sonhos estejam
a quase 30h de distância

09
Annyeonghaseyo!

11
Dicionário de expressões e palavras úteis

17
Coreia do Sul: o resumão mais legal que você respeita

23
Agora sim: precisamos enaltecer o K-Pop

29
Máquina de fazer IDOLS

49
EXCLUSIVO: Papo reto com o rapper Basick

51
A magia dos álbuns de K-Pop

57
Crônica da Babi: O dia em que Ren (NU'EST) virou meu irmão

61
Principais grupos de K-Pop: os verdadeiros donos do mundo

73
ENTREVISTA EXCLUSIVA: o amor do BTS pelo Brasil

79
O "cápópe" no Brasil

91
Crônica da Babi:
O dia em que conheci os "garotos à prova de balas"

97
ENTREVISTA EXCLUSIVA: CROSS GENE sem tabus

101
Conexão Guarulhos-Incheon: um passeio por Seul

121
Dramas coreanos e por que somos noveleiras de carteirinha

129
Fatos engraçados e curiosos sobre K-Pop: segura essa marimba

133
Crônica da Babi:
"Manual da conquista" de acordo com o CROSS GENE

141
KIMCHI E GUARANÁ: uma ótima mistura

145
Já entendi que o K-Pop é um buraco sem fundo e quero prosseguir! Por onde começar?

153
A Hallyu das autoras

ANNYEONGHASEYO!

Calma! Isso foi só um "olá" em coreano. Portanto, não precisa se assustar com a enorme palavra.

Antes de começar a leitura deste livro, tem algumas coisas que você precisa saber sobre K-Pop. Mas aqui vai um aviso: você corre um grande risco de começar lendo apenas como um entusiasta e terminar com um grupo favorito, cantarolando as músicas e se matriculando em um curso de coreano na sua cidade.

E, se isso acontecer, está tudo bem! Todas nós passamos por isso. Se você acabar se interessando mais pela história da Coreia do Sul, pelas músicas e seus artistas, nossa missão aqui está cumprida. Durante a leitura, caso você se depare com alguma palavra que não entenda o significado, preparamos um capítulo que traz um dicionário bem útil de expressões que vão te ajudar. Você pode sempre pesquisar nele. E não tem problema se não souber como é a pronúncia da palavra. Isso leva tempo.

E a gente também te desafia a escolher o seu bias. Ou melhor, se você vasculhar bem o K-Pop, ele mesmo vai te escolher. O bias (a palavra vem do inglês e significa "tendencioso") é aquele artista ou idol, como chamamos no K-Pop, que é o seu favorito dentro de um grupo, embora você não seja obrigado a ter um só. Mas te encorajamos a prestar atenção nos detalhes. O K-Pop é feito deles. Cada cor, conceito, ritmo e expressão significa um mundo de possibilidades e garantimos que você não vai querer perder nada.

Você é bem-vindo a fazer parte de quantos fandoms quiser. Isso significa se tornar fã de um respectivo grupo ou artista e se unir a outros fãs, como em uma grande família. Um ajuda e apoia o outro, torcendo juntos pelo sucesso dos nossos ídolos e enaltecendo, de mãos dadas, gostos que compartilhamos. Não tem problema fazer parte de famílias diferentes. A gente entende que, com a magnitude do K-Pop e a expansão da indústria musical sul-coreana, as nossas opções aumentam todos os dias. Esse é mais um dos encantos de tudo isso. Você nunca vai ficar entediado!

Escrito de maneira simples e divertida, este manual é um convite para conhecer um pouco mais a fundo a história da Coreia do Sul e sua indústria de entretenimento. É um convite para se juntar a nós nessa aventura. Não importa se você já é fã ou se está só curioso, temos certeza de que vamos te ajudar a descobrir mais sobre essa cultura rica em detalhes, música e paixão.

O K-Pop mudou a nossa vida para melhor. Ele pode mudar a sua também. Quem sabe não é exatamente disso que você precisa? ∎

DICIONÁRIO DE EXPRESSÕES E PALAVRAS ÚTEIS

(SÉRIO, VOCÊ VAI PRECISAR!)

Use este dicionário sem moderação. Ele traz palavras e expressões que usamos ao longo do livro e algumas que você provavelmente vai ouvir/ler quando estiver lidando com situações em que o K-Pop, a cultura coreana e seus fãs estejam envolvidos.

A
Aegyo [coreano] – Agir de forma fofa.
Aigoo [coreano] – É uma espécie de lamentação, tipo "ai, ai" ou um suspiro.
Annyong ou Annyeonghaseyo [coreano] – Significa "olá" (linguagem formal).
All-Kill [coreano] – Ficar no topo de todas as paradas musicais coreanas.
Arassó (yo) [coreano] – Significa "ok, eu entendi". Na linguagem formal, usa-se *Alguessumnida*.

B
Bias [inglês] – O integrante preferido do grupo que você curte.
Black Ocean [inglês] – Quando o público desliga os lightsticks e dá "um gelo" no artista.

C
CF [inglês] – Commercial Film – Propaganda de TV.
Charts [inglês] – Paradas Musicais/Rankings de música.
Chingu/Tchingu [coreano] – Significa "amigo".
Comeback [inglês] – Significa "retorno". Os artistas coreanos promovem suas músicas de trabalho durante um curto (porém

intenso) período de tempo, antes de dar uma parada para trabalhar no próximo álbum. Quando eles lançam esse novo trabalho e retornam aos palcos, chamamos de comeback.

D **Daebak [coreano]** – Expressa algo inacreditável ou impressionante.
Daebak Naseyo [coreano] – É a forma usada pelos coreanos para desejar sucesso a outras pessoas, a novos projetos ou novas conquistas. Geralmente, quando um artista lança um álbum, deseja-se *Daebak Naseyo* para que tenha sucesso.
Debut [francês] – Estreia.
Daehan Minguk [coreano] – É o nome da República da Coreia (Coreia do Sul) em coreano.
Drama/Dorama – É a novela coreana. O termo *dorama* é mais usado pelos japoneses, e a pronúncia aproximada em coreano seria "durama", mas prefere-se a palavra *drama*.

F **Fancafe [inglês]** – Comunidade ou fórum coreano que cada *idol* possui e usa para manter contato com os fãs por meio de mensagens, anúncios oficiais, fotos e vídeos exclusivos, além de outros benefícios para os integrantes do fã-clube oficial.
Fancam [inglês] – Gíria usada para os vídeos gravados por fãs, em apresentações ao vivo e em shows.
Fanservice [inglês] – Quando os *idols* falam ou fazem algo para agradar os fãs.
Fighting/Hwaiting – Expressão que os coreanos usam para incentivar. É como se fosse um "VAI LÁ, CARA! ARREBENTA!" ou "FORÇA!".
Flop [inglês] – Fiasco, fracasso (ou seja: o grupo não faz sucesso).

G **Gayo [coreano]** – Música coreana.

H **Hanbok [coreano]** – Vestimenta ancestral coreana, atualmente muito usada em cerimônias e eventos mais tradicionais, como o Chuseok (o dia de "Ação de Graças" da Coreia).
Hangul/Hangeul [coreano] – Alfabeto e/ou Língua Coreana, literalmente significa "coreano".
Himnae (yo) [coreano] – Expressão usada para desejar força e energia quando uma pessoa está cansada.
Hoobae [coreano] – Calouro ou pessoa que é iniciante em algum ramo ou área.
Hyung [coreano] – Palavra usada por meninos para chamarem seus irmãos de sangue e amigos próximos mais velhos.

I **Idol [inglês]** – Ídolo. Modo como os artistas são chamados.

J **JJANG [coreano]** – Palavra que expressa algo muito legal e divertido.

K **KEKEKE e HUHUHU** – São as risadas em coreano, romanização dos caracteres ㅋㅋㅋ. É o equivalente às gírias brasileiras de internet: KKKKK ou HAHAHA.

L **Lightstick [inglês]:** – Lanternas em formatos variados, usadas pelos fãs para demonstrarem apoio durante apresentações e shows.

M **Mianhae(yo) [coreano]** – Desculpa. Este termo é mais utilizado entre amigos e pessoas próximas ou entre os mais jovens. Entre os mais velhos, é usado o termo formal *Jesong Hamnida*.
MV [inglês] – Sigla para "Music Video", o videoclipe.

N **Ne [coreano]** – É utilizado para concordar com algo, ou no lugar do "sim" ao afirmar, ou responder pedidos dos mais velhos.
Netizen [coreano] – Internautas coreanos.

Nuna [coreano] – Termo usado por garotos para chamarem suas irmãs de sangue ou amigas próximas mais velhas, ou até namoradas.

O
Omma [coreano] – Mãe
Ommo [coreano] – Significa "ai, meu Deus" ou o vulgo "eita!".
Onni/Unnie [coreano] – Termo usado por garotas para chamarem suas irmãs de sangue ou amigas próximas mais velhas.
Oppa [coreano] – Palavra usada por meninas para chamarem seus irmãos de sangue e amigos próximos mais velhos ou namorados. Muitas fãs consideram seus *idols* como seus *oppas* (no sentido de boy magia mesmo).
Otoke/Otokaji [coreano] – Significa "o que fazer?" ou "e agora?".
OTP [inglês] – *One True Pair*. A sigla significa "um par verdadeiro" (ou seja: quando você *shippa* dois *idols*).

P
Pre-debut – Época anterior à estreia de um grupo ou artista.
Rookie [inglês] – novato (ou seja: grupos que acabaram de debutar).

S
Saranghae(yo) [coreano] – Eu te amo.
Sasaeng [coreano] – Palavra usada para se referir a "fãs" que perseguem seus *idols* 24 horas por dia e fazem de tudo para serem reconhecidas.
Selca [coreano] – Gíria para "selfie".
Seonbae [coreano] – "Veterano", a pessoa mais experiente em algum ramo ou área.
Shippar [inglês] – A gíria original é "ship" ou "shipping" e é o conceito de formar um casal fictício que os fãs querem (entre *idols* do mesmo grupo ou de grupos diferentes).

Skinship [inglês] – Expressão usada quando as pessoas são próximas fisicamente e tem intimidade (abraços, beijos no rosto, pegar na mão, tudo isso é *skinship*).
Stan [inglês] – Expressão para descrever os fãs mais ávidos por algum artista.

T
Trainee [inglês] – A tradução literal pode ser "estagiário". No K-Pop, são os aspirantes a *idol* em fase de treinamento nas agências.
TT [coreano] – Romanização dos caracteres ㅠㅠ. Representa uma carinha de tristeza.

U
Ultimate Bias – O *idol* favorito dos favoritos. Também chamado de utt.

W
Wae(yo) (coreano) – Por que/por quê.

COREIA DO SUL: O RESUMÃO MAIS LEGAL QUE VOCÊ RESPEITA

Continente: Ásia Oriental
Capital: Seul
Divisão: nove províncias e seis cidades
População: 50 milhões (aproximadamente)
Moeda: won sul-coreano
Religiões dominantes: protestante, budista e católica (minoria)
Língua e Escrita: Coreano / Hangul

POLÍTICA & ECONOMIA

A Coreia do Sul é um país com funcionalidade democrática desde a década de 1980. As primeiras eleições diretas aconteceram em 1948, mas o país sofreu duas ditaduras militares entre 1960 e 1980. Desde então, a nação passou por um desenvolvimento absurdo, transformando-se em uma potência industrial florescente e tornando-se a maior potência econômica entre os chamados Tigres Asiáticos, a quarta maior economia da Ásia e a décima primeira do mundo. A economia da Coreia do Sul é liderada por grandes conglomerados empresariais conhecidos como *chaebol*. Segundo a Bolsa de Valores da Coreia do Sul (com dados de 2016), as dez maiores empresas sul-coreanas são a Samsung, POSCO, Hyundai,

> **Tigres Asiáticos** é o termo usado para se referir a Hong Kong, Cingapura, Coreia do Sul e Taiwan, países da Ásia que a partir da década de 1970 investiram pesado no desenvolvimento industrial e econômico e cresceram em um ritmo muito intenso e acelerado.

Grupo Financeiro KB, Companhia Elétrica da Coreia, Seguros de Vida Samsung, Grupo Financeiro Shinhan, LG Electronics, Hyundai Mobis e LG Chem.

GUERRAS & INDEPENDÊNCIA

Muitos artigos e especialistas argumentam que a Coreia não teve chance de se desenvolver de forma soberana, democrática e independente até a libertação de 1945.

Mas a história da Coreia começa muito antes disso, lá no século IV d. C, com a luta das tribos (que deram origem à população coreana) que queriam a expulsão do imperador chinês que comandava a península; também passou pela dinastia Li (1392-1910) quando praticamente todas as instituições do país eram uma cópia do modelo chinês, como, por exemplo, os tributos pagos ao rei, o Confucionismo adotado como religião oficial, entre outras coisas que remetiam à China. Isolada do mundo, a Coreia mantinha relações somente com a China e o Japão nos séculos XVII e XIX.

Em 1910, a Coreia foi obrigada a assinar o Tratado de Anexação Japão-Coreia, que duraria até 1945. Esse tratado basicamente dizia que tudo — inclusive as pessoas — relacionado ao país se tornaria propriedade do Japão; assim, em 1925, cerca de 425 mil japoneses viviam na Coreia; em 1942, quase 80% das florestas coreanas eram registradas como propriedade de japoneses. Além disso, a repressão do governo japonês causou a morte de mais de 20 mil coreanos e levou mais 50 mil para a prisão.

Mas não pense que os coreanos aceitaram isso numa boa, não. Eles são patriotas e a dominação foi um tremendo golpe em seu orgulho nacional. Por isso, o dia 1º de março de 1919 foi um marco histórico para a Coreia, pois é a data da primeira manifestação nacionalista, quando os manifestantes foram às ruas protestar gritando "Mansei!", que significa, literalmente, "Viva a Coreia!". Quase 100 anos após sua independência, a Coreia do Sul comemora a data como o Dia do Movimento ou Movimento de Independência Samil, hasteando bandeiras.

Foi durante a Segunda Guerra Mundial, no entanto, que o país sofreu um de seus maiores baques. Entre 1939 e 1945, a Coreia foi definitivamente invadida pelo Japão e reduzida a nada mais que uma fornecedora de matérias-primas para os japoneses se abastecerem durante o conflito. Com a derrota japonesa pelos norte-americanos e soviéticos, a Coreia foi limitada geograficamente em duas partes. A guerra chegaria ao fim, mas a divisão se tornaria real para o país — inclusive, essa relação entre ambas é pra lá de delicada e, em muitas ocasiões, ameaçadora. Assim, nasceu a República da Coreia do Sul (capitalista, dominada pelos Estados Unidos) e a República Popular Democrática da Coreia do Norte (comunista e ocupada pelos soviéticos).

Só que a treta não parou por aí, não. A Guerra da Coreia (1950-1953) foi o primeiro conflito armado da Guerra Fria, e foi o suficiente para tocar o caos no resto do mundo pela simples ameaça de resultar em uma guerra nuclear — afinal, as duas maiores potências militares da época (EUA e URSS) estavam envolvidas, uma de cada lado. O tratado de paz só foi assinado em 1953, após uma advertência oficial dos Estados Unidos para a Coreia do Norte e para a China, avisando que apelaria para as temidas armas nucleares se as tropas dos dois países não voltassem para suas respectivas casas e deixassem a Coreia do Sul em paz.

> Viu como o histórico de conflitos entre a Coreia do Sul e o Japão (principalmente) tem anos de ódio, violência e rancor? Lembre-se disso quando passar pela sua cabeça dizer para o coleguinha que acha que "asiático é tudo igual" e antes de misturar as etnias das pessoas e dos artistas que você curte. Respeito é bom, e todos os povos gostam!

SOCIEDADE & COMPORTAMENTO

Graças à influência direta do Confucionismo (uma religião milenar de origem chinesa... olha mig@s, dá um Google para entender melhor porque esse rolê vai looooonge!) a sociedade sul-coreana foi toda estruturada em uma hierarquia sênior-júnior. Ou seja: os mais novos respeitam os mais velhos, subordinados respeitam chefes e novatos em suas áreas de trabalho respeitam os mais experientes.

Isso sem falar na forma de se comportar — reverências, postura corporal — e essa hierarquia é respeitada, principalmente, na linguagem. A língua coreana é subdividida entre discurso formal e informal. Existem alguns honoríficos, sufixos e infixos (Alô, aulas de gramática! #S.O.S) que podem ser usados em nomes e frases, e que fazem toda a diferença na hora de falar com alguém de maneira respeitosa ou informal.

A linguagem formal na hora de falar é o mais comum ao se comunicar em coreano, já que o respeito por essa "cadeia hierárquica/etária" é MUITO IMPORTANTE MESMO nos valores da sociedade sul-coreana. A informalidade — que pra gente aqui no Brasil é tão comum, dando beijinho no rosto para dar "oi" ou "tchau", por exemplo — é um direito que só se conquista com o tempo, a convivência e o consentimento entre as pessoas.

Então, quando for iniciar um bate-papo com um coreano, faça uma reverência e procure saber primeiro a idade ou o cargo dessa pessoa antes de criar intimidade e partir para o abraço (literalmente). Cuidado com a gafe!

> Uma dica para quem quer começar a entender e aprender melhor o coreano: a professora Hena Cho dá aulas pelo canal de YouTube Hey Unnie! Além de fofa e superpaciente para explicar a gramática, a escrita e as frases, a Hena também já foi intérprete de grupos de K-Pop no Brasil, trabalhando com nomes como BTS (2015) e Stellar (2017). Depois não diz que a gente não ajudou na lição de casa, hein?

EDUCAÇÃO

Todos os anos escolares preparam os alunos para o vestibular, considerado um dos eventos mais importantes da vida. O vestibular coreano é chamado de CSAT (College Scholastic Ability Test, ou Teste de Habilidade Escolar para a Universidade) e é por ele que se define a faculdade que o jovem vai cursar (e se a instituição estiver entre as mais famosas, meio que já determina se a pessoa vai ter um bom futuro profissional ou não. Pesado, né?).

Estresse infantil? Uma pesquisa do Instituto para Saúde e Assuntos Sociais da Coreia do Sul, divulgada em 2016 pelo jornal The Korea Observer, apontou que crianças coreanas entre 11 e 15 anos são mais pressionadas do que crianças de 29 outros países na mesma fase escolar 😩.

"ASIANIZAÇÃO" E O NASCIMENTO DA ONDA HALLYU

Apesar do continente asiático conter mais da metade da população do globo, seus países nunca se engajaram ativamente para trocar, integrar e misturar culturas. O termo "asianização" surgiu no meio acadêmico que estuda os fenômenos culturais do mundo, e, segundo esses estudiosos, representa o recente fluxo de produtos culturais dentro da região do leste asiático, além de indicar o crescimento desse tráfego cultural da Ásia, surgido nos anos 1990.

Dessa asianização resultou o termo Onda Hallyu (Hallyu Wave), criado para suprir a necessidade de englobar os principais elementos da cultura sul-coreana e a sua bilionária indústria de entretenimento que movimentou a economia do país na última década, ultrapassando inclusive os setores automobilístico e de tecnologia.

A cultura Pop coreana começou a explodir na Ásia no final dos anos 1990, com a exportação de dramas de televisão coreanos para a China, que foi o primeiro país onde a Hallyu teve um impacto significativo fora da Coreia do Sul. Com isso, a Coreia do Sul se mostrou como um novo berço de produção da cultura Pop, fazendo com que os elementos da cultura coreana se expandissem para os países asiáticos vizinhos.

A Onda Coreana (só Hallyu para os íntimos) levou para o mundo a Coreia do Sul em forma de hanshik (gastronomia), hangul (língua), dramas e filmes, esportes, artes, história e cultura tradicional, cosméticos, e, claro, o K-Pop. ■

AGORA SIM: PRECISAMOS ENALTECER O K-POP

K-Pop é o termo reduzido para Korean Pop Music, ou seja, música pop coreana.

FÁCIL, NÉ?

O K-Pop surgiu na Coreia do Sul na década de 1990, mas sua popularização começou com interações entre a cultura coreana e as influências ocidentais. Hoje, ele engloba um leque de outros ritmos: hip-hop e R&B, eletrônico (trap, dubstep), baladas (as mais dramáticas e lentas), rock (tem banda de K-Pop também!), dance-pop e muitos mais. Além disso, o K-Pop é mais do que um cenário musical. A parte fashion e os elementos visuais são tão importantes para compor o conceito de um grupo de K-Pop quanto a parte sonora.

Vamos dar um rolê pela história da música coreana desde o fim do século XIX para ajudar a cair a ficha de como ela evoluiu até o eclético K-Pop nosso de cada dia:

1885-1944 **Nasce a música Pop coreana:** As músicas populares eram chamadas de changga e surgiram como uma forma de restaurar o sentimento de soberania coreana durante a colonização japonesa (1910-1948). Essas músicas eram adaptações de melodias de hinos e canções da América do Norte e da Grã-Bretanha.

1945-1959 **Influência americana e Guerra da Coreia:** As canções traziam mais emoção nas letras depois da divisão do país entre Norte e Sul. A influência dos Estados Unidos trouxe elementos do blues, swing, rock e jazz, e os artistas coreanos já usavam o entretenimento para movimentar a economia do país (ligeiros desde sempre, né?).

1960-1969 **A cura da nação coreana:** A Coreia do Sul cresceu muito durante os anos 1960. Com a explosão da banda britânica The Beatles, debutaram os "sons de grupo" — expressão traduzida literalmente do coreano — para definir as bandas de rock.

1970-1979 **A identidade folk dos jovens coreanos:** Os mais novos, na época, tinham gosto musical com influência direta do ocidente. Foi a época dos cabelos longos, jeans, violões e música folk bombarem na Coreia do Sul!

1980-1989 **A era das baladas:** A tendência da vez trouxe o cantor Cho Yong-pil para o centro das atenções, misturando os ritmos que fizeram sucesso nas décadas anteriores e fazendo versões em inglês e japonês. Esta década foi cheia das populares canções de amor mais baladinhas.

1990-1999 **O hip-hop e a 1ª geração de idols:** O trio Seo Taiji & Boys (grupo do fundador da empresa YG Entertainment) trouxe um jeito bem criativo de unir o hip-hop ao pop, além de incorporar a moda dos camisetões. Foi a mesma época de estreia de nomes como 1TYM, Jinusean e Drunken Tiger. Graças a esses "oppas do rap", a indústria coreana mirou nos jovens como o novo alvo e investiu nos primeiros grupos de idols: H.O.T, Sechs Kies, S.E.S, Fin.K.L., Shinhwa e G.O.D causaram histeria nos adolescentes coreanos a partir de 1995.

2000-2010 **A Globalização do K-Pop:** Rolou AQUELA crise econômica e as agências precisaram mudar as estratégias dos grupos. BoA e Rain se tornaram a cara do K-Pop, dentro e fora da Coreia do Sul. Começava aí a dominação da música coreana nos charts internacionais.

Rain

O MUNDO CONHECE O ESTILO DE GANGNAM

O ano de 2012 foi o momento em que a Hallyu chegou às massas globais de um jeito inusitado: com a viralização do clipe do rapper (SIM, ELE É RAPPER!) PSY. Não havia lugar no mundo para se esconder das pessoas cantando "Oppa Gangnam Style". Esse fenômeno colocou a Hallyu no topo das paradas musicais ocidentais.

Bem longe de se encaixar no perfil de um idol de K-Pop (mais para frente vamos falar sobre esses estereótipos), o rapper, na época com 34 anos, chamou a atenção do mundo com o ritmo acelerado e a "dança do cavalinho" do refrão-chiclete. A música, na verdade, é uma crítica social ao estilo de vida associado ao nobre distrito de Gangnam, em Seul.

Em setembro de 2012, apenas um mês após o lançamento do clipe, "Gangnam Style" foi reconhecido pelo Guinness Book: O Livro dos Recordes como o vídeo com mais curtidas no YouTube; logo em seguida, PSY levou para casa o troféu da categoria de Melhor Videoclipe na premiação europeia da MTV (a mais importante do continente). Ao fim do mesmo ano, a canção chegou ao primeiro lugar nos rankings musicais de mais de trinta países e até foi citada pelo ex-Presidente dos EUA Barack Obama como um "exemplo da lavagem da Onda Hallyu no mundo". O próprio governo sul-coreano divulgou que só no segundo semestre de 2012 a música rendeu um total de 13,4 milhões de dólares para a economia do país.

VOCÊ SABIA?

> O Ministério de Cultura, Esportes e Turismo da Coreia do Sul concedeu a PSY um Mérito de Quarta Classe de Ordem Cultural por "aumentar o interesse do mundo na Coreia do Sul". Essa condecoração é uma recompensa que o governo sul-coreano concede aos que prestaram serviços excepcionais ao melhorar o interesse pelo país.

Além de ter assinado um contrato de divulgação artística com Scooter Braun (o mesmo cara que descobriu Justin Bieber e que também é o empresário da cantora CL em suas promoções nos EUA), PSY viu "Gangnam Style" ser usada e divulgada pelo governo da Coreia do Norte para ativismo político, em forma de paródia. Essa foi a primeira vez que o lado norte usou e divulgou um artista do lado sul desde a divisão da Coreia.

> Em 2014, PSY conseguiu literalmente QUEBRAR O YOUTUBE quando atingiu a marca de 2.147.483.647 visualizações para o clipe de "Gangnam Style". O próprio YouTube (ou seu perfil oficial) comentou no clipe que tinha que atualizar o seu sistema para continuar a receber as atualizações de números dele. WOW!

NEO-HALLYU: É DE COMER?

A última década foi tomada pela segunda geração de idols. Eles fazem parte da chamada "neo-Hallyu", que é a fase atual da onda coreana, que está afogando o mundo inteiro em supergrupos, músicas dançantes, novelas, tendências de moda e maquiagem, e tudo o mais que diz respeito à Coreia do Sul e sua cultura.

O grupo TVXQ (companheiros de agência de BoA) segue, desde meados dos anos 2000, como parte desta "corte real do K-Pop". Outros grupos importantes surgiram na mesma época, como BIGBANG, Super Junior, SHINee, 2PM, 2AM e BEAST, transformando-se, assim, nos principais representantes masculinos do K-Pop na Hallyu, enquanto KARA, Girls' Generation, Wonder Girls e 2NE1 despontaram como os grupos femininos dessa segunda geração. Todos estes grupos tiveram seu debut entre 2005 e 2009.

Uma das maiores diferenças entre os ídolos da neo-Hallyu para os seus sunbaes (palavra em coreano para "sênior", alguém mais experiente) é a habilidade pessoal de cada integrante dentro dos grupos. Depois da separação relâmpago de tantos grupos que fizeram sucesso durante os anos 1990, as agências precisaram criar uma nova estratégia de formação para agradar o mercado. Assim, cada artista começou a atuar de forma única: as personalidades e características como idols agradam fãs diferentes, que se unem nos fandoms (os fã-clubes) para amar e apoiar incondicionalmente o trabalho de seus ídolos (#DigaNãoÀsFanWars).

Muitos dos neo-grupos contam com integrantes estrangeiros — a maioria também de descendência asiática. Além do talento artístico, os membros trazem para o grupo habilidades linguísticas que facilitam a interação com os fãs e a mídia durante as promoções internacionais. É comum se deparar com idols nascidos ou criados nos Estados Unidos, na Tailândia, no Japão, na China ou em Taiwan para assumir este papel. Um bom exemplo é o grupo EXO que debutou, inicialmente, com duas subunits: EXO-K (com alvo no mercado coreano) e o EXO-M (focado no mercado chinês). Dos seus 12 integrantes iniciais, o EXO contava com quatro membros chineses.

Em alguns casos, o choque cultural e os contratos abusivos (como os que exigem exclusividade sobre os artistas por 15 ou 20 anos) acabam em escândalos e processos judiciais entre idols e agência (o próprio EXO tem três ex-integrantes chineses nessa lista de tretas). Mas fechar as portas para os talentos captados no exterior poderia significar o fim da Onda Hallyu se a Coreia do Sul resolver impor sua cultura em vez de integrá-la com as demais. ∎

> "Assim como a popularidade da música americana enfraqueceu na Coreia, a nossa música pode perder o poder a qualquer momento. A única maneira de prolongar a Hallyu é compartilhar a cultura uns com os outros" — Park JinYoung (fundador e CEO da JYP Entertainment, uma das três maiores agências da Coreia do Sul).

A Babi é muito fã do JYP e conseguiu tirar essa foto com ele em NYC!

MÁQUINA DE FAZER IDOLS

Mesmo com o mercado saturado, todo ano dezenas de grupos de K-Pop fazem o seu debut, então não precisa ficar na bad se você ainda não ouviu falar de nenhum. Tá tudo bem, a gente entende! Apesar de cada agência definir sua própria estratégia de marketing e o conceito de criação de um grupo, existe uma fórmula de sucesso com passos similares que geralmente é seguida.

> A recente onda da Hallyu trouxe alguns grupos que merecem ser enaltecidos aqui no livro! Pesquise por GFriend, Laboum, Astro, NCT (que tem várias subunidades), Cosmic Girls, MASC, LOONA, BlackPink, MonstaX, MIXX, K.A.R.D, Oh My Girl, Bulldok, A.DE, Gugudan, Pristin, Oh!Bliss, SF9, Pentagon, KNK, Vromance, Bolbbalgan4, Dreamcatcher, Seventeen, e 24K, por exemplo! Eles são muitos, a gente sabe, mas merecem muito amor!

O PROCESSO BÁSICO PARA O NASCIMENTO DE UMA ESTRELA PASSA PELAS SEGUINTES FASES:

PLANEJAMENTO

É o pontapé inicial, o momento em que as empresas discutem que tipo de grupo querem lançar, definem o público-alvo, fazem pesquisas de mercado e também escolhem o conceito que o grupo terá — se vai ter uma pegada mais hip-hop, se vai ser fofo, sexy, com um lado mais romântico etc. Isso facilita o processo do casting, pois os olheiros saem para buscar exatamente o perfil de artista que eles querem formar.

CASTING

O casting pode ser realizado em audições (o que é muito comum dentro e fora da Coreia do Sul) ou por meio de olheiros e agentes que rodam pelo mundo, incluindo a Ásia. Muitos idols que você conhece e adora foram escolhidos enquanto passeavam nas ruas ou em shoppings! É o caso da UmJi, do GFRIEND, que estava indo jantar com suas amigas quando o CEO da Source Music foi atrás dela e a convidou para fazer uma audição na empresa dele. Ou do SeHun, do EXO, que tinha 13 anos quando estava curtindo um tteokbokki (떡볶이) em um restaurante local e foi abordado por um agente. A princípio, SeHun achou que o agente estava tentando enganá-lo e fugiu. Que bom que depois foi convencido a participar de uma audição na SM, né?

Nas audições, os futuros idols têm de demonstrar habilidades em diversas áreas, como dança, canto, atuação e até diferentes idiomas. As empresas querem artistas com amplos conhecimentos porque facilita a colocação deles no mercado.

VOCÊ SABIA?

Em 2013, aconteceu aqui no Brasil uma audição especial da Pledis Entertainment, a empresa responsável pelos grupos NU'EST, After School e Hello Venus. Foi a primeira em território brasileiro e a maior audição realizada em países ocidentais até então.

Tteokbokki é uma comida popular da Coreia. São rolinhos feitos de arroz e uma massa à base de peixe, com molho doce de pimenta vermelha — gochujang.

TREINAMENTO

Quando os idols são selecionados na audição, eles se tornam trainees e passam a viver em função do treinamento. Normalmente, eles vão morar em prédios e dormitórios da própria empresa e encaram uma dura rotina de treinos e ensaios, com aulas de canto, dança, atuação, idiomas, atividades físicas, tudo para desenvolver e aprimorar habilidades que farão deles artistas mais preparados para o mercado de entretenimento — e ainda não podem perder as aulas, caso ainda frequentem a escola. As agendas estão sempre lotadas e eles acordam e dormem respirando a vida de idol! Tudo isso, claro, é bancado pelas agências.

Na verdade, essa rotina é quase como uma escola militar: com regras, horários, alimentação acompanhada por médicos e nutricionistas, avaliações constantes para testar o progresso nas aulas. Para o processo de preparação de um idol, as agências de entretenimento contratam experts em todos os segmentos de artes e comunicação, coordenando coreografia, composição, publicidade e moda. Existem histórias de trainees que passaram toda a infância e adolescência vivendo nessas empresas antes de estarem preparados para debutar em algum grupo. Foi o que aconteceu, por exemplo, com a Jihyo, que entrou na JYP com 8 anos de idade e só foi debutar em 2015, aos 18 anos, com o Twice. O famoso G-Dragon também passou cinco anos como trainee da SM Entertainment e depois mais seis anos treinando na YG até debutar no BIGBANG, em 2006.

Por isso, é comum que durante o treinamento alguns trainees mudem de agência por não terem o perfil que os recrutadores esperam. E é bom lembrar também que assinar com uma empresa de entretenimento não é garantia de estreia no mercado, não importa quantos anos tenham sido investidos em treinamento e dedicação.

SELEÇÃO

De tempos em tempos, enquanto as agências fazem o planejamento de novos grupos musicais, os trainees passam por avaliações que vão decidir se eles já podem se tornar idols ou não. Eles são remanejados de acordo com o desempenho que apresentam em todas as áreas e com o conceito escolhido pela agência. Às vezes, alguns idols são escolhidos para um grupo, mas, após as rodadas de avaliações, acabam em outro totalmente diferente.

PRODUÇÃO

Com o grupo formado, é hora de produzir músicas, MVs, vídeos promocionais e photoshoots. Algumas agências também organizam eventos especiais nas ruas de Seul para que o público comece a conhecer os futuros artistas. Agora é a hora do idol também contribuir para o processo da sua carreira, como fazem, por exemplo, o BIGBANG e o BTS, dois grupos em que os artistas participam da composição das letras das músicas. Ou, no caso do Block B, que abandonou a empresa Stardom em 2013 e começou sua própria agência, tornando-se totalmente responsável pela produção do próprio material.

PROMOÇÃO

Depois que temos o grupo formado e as músicas prontas, está na hora de divulgar! Essa é outra parte árdua do mercado de K-Pop, pois, assim que são lançados, os idols investem pesado em divulgações em programas de variedade e musicais coreanos. As agendas ficam superlotadas e os artistas às vezes só têm tempo de comer e dormir nas vans, enquanto viajam de um show ou um evento para outro — é muito comum rolar mais de um show por dia. É uma loucura!

Quando participam de programas na TV, é essencial que os idols tenham "tempo de tela", expressão usada para o tempo de exposição que eles têm diante das câmeras para mostrar o rosto e seus talentos. Trata-se de uma grande oportunidade para que as pessoas saibam quem eles são. Afinal, em um mundo onde vários grupos são lançados ao mesmo tempo, qualquer espaço é uma divulgação enorme, né? Os grupos se apresentam semanalmente em programas musicais e, além de divulgar a música, o objetivo é alcançar o primeiro lugar nas vendas físicas e on-line dos álbuns e singles. Esse trabalho é o que ajuda a elevar o status de um grupo e, conforme eles vão ficando mais famosos e alcançando o topo das paradas, são recompensados pelas empresas com carros mais confortáveis, apartamentos maiores, bônus de pagamentos entre outros benefícios. Aliás, até chegar a esse ponto, os componentes dos grupos ainda moram juntos em dormitórios cedidos pelas empresas e recebem de acordo com o trabalho que fazem, dependendo do contrato de cada um. Então, eles ralam muito para fazer uma ótima divulgação e, assim, conseguirem crescer na carreira.

> Em setembro de 2011, pela primeira vez o grupo INFINITE conquistou o primeiro lugar no programa M! Countdown! com a canção "Be Mine". O Super Junior estava levando todos os prêmios há várias semanas seguidas até que os fãs do INFINITE (chamados de Inspirit) se uniram para votar no site da Mnet e, junto com o ótimo número de vendas do álbum, garantiram o primeiro lugar do grupo. Foi emocionante! Vale a pena buscar o vídeo no YouTube. O INFINITE finalmente teve a chance de, após o debut em 2010, se mudar para um apartamento maior, onde os sete rapazes não precisariam mais dividir apenas um quarto.

TREINAR PARA QUÊ?

Os coreanos são muito perfeccionistas (você nem deve ter percebido, aposto) e sempre buscam mostrar a melhor imagem possível como artistas. Não importa se o jovem já nasceu com o dom, VAI TER QUE TREINAR, SIM! As empresas promovem audições anuais para renovar o casting de trainees e selecionam os seus potenciais idols a partir daí. Elas investem pesado nas aulas, moldando seus agenciados da forma que acharem mais conveniente. A vida de um trainee não é nada fácil, pois, além do treinamento pesado, todos ficam devendo para a agência o dinheiro investido neles durante o tempo de aprendizado. E a grana demora a cair na conta depois que debutam em um grupo.

O FAMOSO BREAK EVEN POINT

Já pararam pra pensar que o idol que você tanto ama (e que sempre vê tão bem vestido) nem sempre tem mais dinheiro que você? Pois é... Mesmo com a indústria do entretenimento tentando se regulamentar nos últimos anos, cada empresa ainda funciona de um jeito. Contudo, o pagamento da maioria dos idols ainda segue um esquema chamado *Break Even Point*, que é uma expressão usada para determinar um ponto de equilíbrio em que não há perda nem ganho, nem lucro nem prejuízo.

Nesse esquema, todo o gasto com treinamento, agenciamento, produção e divulgação é colocado na conta dos artistas e, a partir do momento em que eles debutam e começam a ganhar com o trabalho e as vendas, eles precisam pagar os valores investidos em sua formação de volta à agência. Só quando os artistas atingem o "break even" é que eles conseguem equilibrar as finanças e a partir de então começam a ter lucros.

Ou seja, se um artista passou anos treinando, mais anos na produção do próprio grupo, sem conseguir o primeiro lugar em programas musicais nem alcançar boas vendas de álbuns, ele provavelmente não vai nem ver a cor do dinheiro por muito tempo. Simplesmente porque tudo o que ele ganhar vai para a empresa, para pagar o valor do investimento inicial antes que o próprio artista receba alguma coisa. Parece injusto, né?

Normalmente, nesses casos, os idols recebem mesadas com valores bem meia-boca, para que possam ajudar as famílias ou usar como quiserem. Mas esse valor também é somado à conta de investimentos e gastos da agência responsável por eles. É importante lembrar que a moradia e a alimentação providenciadas pela empresa também são colocadas na conta do grupo! Ou seja, é um ciclo complicado porque o artista nunca para de treinar, produzir e divulgar! Todo e qualquer gasto que ele tenha para sobreviver é acrescentado na dívida. Por isso, todo o apoio dos fãs (em votações, compra de álbuns e shows) é muito importante!

Os contratos dos grupos e a forma de pagamento vieram a público em 2009 com a saída do Hangeng do Super Junior e o *disband* de três membros do grupo TVXQ (ou DBSK) que, depois de saírem da SM Entertainment (mesma empresa do grupo de Hangeng), se juntaram para formar o JYJ.

Inicialmente, eles processaram a agência por um contrato injusto, longo e, como foi divulgado na época, "quase escravo". Apesar de já estarem trabalhando com o JYJ, foram anos de batalha judicial para que pudessem fazer parte, sem restrições, do mercado de entretenimento sul-coreano.

Em 2014, os contratos abusivos de K-Pop vieram novamente à tona depois que vários idols processaram suas empresas e saíram de seus grupos, pelos mais variados motivos que nem sempre são divulgados.

Nos últimos anos, algumas empresas estão sendo avaliadas pela Korea Fair Trade Commission (KFTC) para que cláusulas injustas sejam revistas e/ou retiradas das exigências contratuais. Os principais pontos que estão sendo modificados são:

Imposição de multas excessivas em caso de cancelamento de contrato

De acordo com a KFTC, as agências YG Ent., JYP Ent., FNC Ent., Cube Ent., Jellyfish Ent. e DSP Media estão impondo multas equivalentes a duas ou até três vezes a quantia de dinheiro investida no treinamento de um artista caso este queira cancelar seu contrato. Considerando que os contratos normalmente duram três anos, a KFTC julgou a multa como excessiva e mudou a cláusula para que, em caso de rescisão, apenas a quantia diretamente investida no trainee seja devolvida para a empresa.

Forçar artistas a renovar seus contratos após o término

De acordo com a comissão, as empresas JYP Ent., Cube Ent. e DSP Media pressionavam seus artistas para que eles renovassem seus contratos quando estes terminavam, ou os forçavam a devolver o dobro da quantia investida no treinamento deles. Esta cláusula foi modificada para que as agências só comecem as negociações preliminares com os artistas após o fim dos contratos.

Cancelamento de contratos sem aviso prévio

Esta cláusula permitia que as agências cancelassem contratos imediatamente sem avisar os artistas com antecedência. Tal condição foi encontrada nos contratos da Loen Ent., YG Ent., Cube Ent., JYP Ent. e DSP Media e foi modificada para estabelecer um período de carência, permitindo que ambos os lados tenham tempo de resolver conflitos.

Cancelamento de contratos por razões ambíguas

Este item, que permitia que as agências SM Ent., FNC Ent. e DSP Media cancelassem contratos sem motivos claros e justos, foi removido.

Forçar trainees a pagar multas, imediatamente

A comissão também encontrou uma cláusula que permitia que as multas fossem cobradas dos trainees imediatamente após a quebra de contrato, e foi modificada para seguir rigorosamente as leis civis coreanas.

Limitar a jurisdição de casos legais ao Tribunal Central de Seul

Essa cláusula limitava a jurisdição de processos sobre contratos de trainees somente ao Tribunal Central de Seul, e foi modificada para incluir todos os outros tribunais autorizados.

A chefia do time da KTFC que avaliou os contratos explicou: "A proteção dos direitos de trainees será fortalecida cada vez mais, agora com a retificação de contratos entre as empresas e os artistas. Isso vai criar um ambiente para que ambos os lados assinem contratos mais justos". Como fãs, estamos na torcida!

AS TRÊS GIGANTES

Quando o assunto é K-Pop, os grupos são só uma parte da história. Por trás dos idols, existem verdadeiros complexos empresariais que trabalham na produção de todo esse cenário. Mas é impossível falar de agências de entretenimento sem mencionar o trio de companhias que movimenta a economia do pop coreano. As três líderes são as que possuem maior influência no mercado e contam com engenhosos planos de marketing, desenvolvimento e investimento de idols.

SM ENTERTAINMENT

A SM foi fundada em 1995 pelo produtor musical Lee Soo Man e é o lar de artistas como BoA, TVXQ, Super Junior, Girls' Generation, SHINee, f(x), EXO, NCT e Red Velvet. Um dos lemas da agência é "produzir conteúdo global de qualidade". O presidente Lee trabalha na divulgação da Onda Hallyu há quase 20 anos, e foi um dos responsáveis por desenvolver o atual sistema de construção de idols (#BeijoNoOmbro).

YG ENTERTAINMENT

A YG Entertainment foi fundada em 1996 por Yang Hyun Suk (um dos ex-integrantes do trio Seo Taiji & Boys, os caras que citamos na linha do tempo da música coreana) e é conhecida por seu conceito mais "americanizado" em seu estilo de fazer música, além das importantes conexões no mundo fashion, trabalhando com grifes como Chanel, Dolce & Gabbana e Moschino. Essa é a casa de PSY, BIGBANG, 2NE1, Epik High, Lee Hi, Akdong Musician, Winner, iKON e BLACKPINK.

JYP ENTERTAINMENT

Gostar de K-Pop é falar "JYP" em um sussurro, assinatura musical do produtor, cantor e fundador da agência, Park JinYoung no início de sua carreira. A agência, fundada em 1997, é mais conhecida pelos conceitos que atingem não só os adolescentes. Seu catálogo inclui o lendário g.o.d, grupo da primeira geração de idols, além de outros nomes importantes como Wonder Girls, 2PM, Miss A, GOT7 e o Twice.

> Muitas agências vêm crescendo no mainstream do K-Pop, como a Cube Entertainment (HyunA, BTOB e ex-lar do BEAST — que agora se chama HIGHTLIGHT — e 4Minute), a Big Hit Entertainment (que acertou em cheio ao debutar o BTS, um dos maiores grupos da atualidade) e tantas outras (dá até para fazer outro livro só sobre agências!).

FUNÇÃO DOS IDOLS

Dentro de um grupo de K-Pop existem algumas funções que precisam ser preenchidas (se não, nem é K-Pop. SAI, FAKE!). É possível que alguns idols prodígios ocupem várias posições dentro do mesmo grupo ou que algumas posições mudem durante um comeback. Nos raros casos de artistas solos é preciso ter, por obrigação, a maioria dessas habilidades, além de arrasar nas performances.

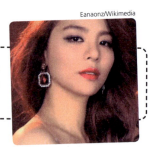

DICA

Pesquise a idol Ailee para entender do que estamos falando. Uma das maiores divas do K-Pop que você respeita!

FACE/VISUAL — "rosto" do grupo
O bonitão ou a bonitona do grupo; arrasa nas selfies.

MAIN DANCER — dançarin@ principal
Rei/rainha da pista de dança (chão, chão, chão!).

MAIN VOCAL — vocalista principal
Canta bem e, por isso, ganha solo da agência.

LEAD VOCAL — melhor vocalista
Garçom, desce aquela high note, porque a Mariah Carey do grupo chegou!

SUBVOCAL — vocalista de apoio
Ajuda na harmonização da música, mesmo cantando só uns cinco segundos.

MAKNAE — **caçula do grupo**
Por ser @ mais novinh@ do rolê, geralmente é @ mais fof@ também.

LÍDER — **chefe do grupo**
Bota ordem no barraco e representa uma figura de pai/mãe para os demais integrantes.

RAPPER — **rimador/a**
Manda o "papo reto". YO!

CENTER — **central do grupo**
Possui a melhor expressão facial e fica no meio na posição de "me filma primeiro"!

Além destas funções, existe toda uma cultura dentro da palavra IDOL, que dita o comportamento e até o estilo de vida dos representantes da Hallyu. Na Coreia do Sul, os ídolos precisam ter uma postura impecável:

> **APARÊNCIA** (de acordo com os padrões de beleza do país) > **JUVENTUDE** (a maioria dos idols é adolescente ou está no início de seus 20 anos) > **PUREZA** (namorar? Só os fãs!).

As primeiras gerações de idols, lá em meados dos anos 1990, sofreram mais com a idealização de perfeição que foi criada ao redor dos artistas de K-Pop. Os artistas eram tratados como seres inalcançáveis, imaculados. Se alguém achasse que um idol olhou para outro com segundas intenções era escândalo na certa! O caos se instalava, milhares de fãs abandonavam o fandom oficial e aparições na TV eram canceladas.

No entanto, com a globalização da onda, o aumento de imigrantes morando na Coreia e o fluxo de artistas vindos de outros países, a pressão para seguir esse tipo de conduta está diminuindo aos poucos. Até alguns anos atrás, era muito comum que a "pureza" do artista fosse uma exigência contratual de algumas empresas e muitos foram proibidos por contrato de manter relacionamentos amorosos no início de suas carreiras. Muitos idols já deram declarações sobre isso na mídia, como a Sandara Park (ex-2NE1), e a explicação era sempre a de que "o artista precisava focar somente em sua música, em seu trabalho e em seus fãs", embora se argumentasse que eles precisavam de vivências para cantar sobre paixões, amores e decepções.

Essa proibição é conhecida como *date ban* (literalmente "proibição de encontro") e ainda é estipulada em alguns contratos atuais. Mesmo assim, ultimamente estamos acompanhando o surgimento de mais idols "fora da caixa" com personalidades autênticas, uma postura *body-positive* (confiantes em seus corpos e aparência), amigáveis (ao invés daquele jeitão marrento de celebridade que não dá nem oi) e outras características que os deixam mais humanizados. Inclusive, idols que anunciam namoros com outros famosos. Nada disso era comum há apenas alguns anos.

IDOLS FORA DOS PADRÕES E QUE AMAMOS

Amber, do f(x) — Amber Liu é o ícone do estilo "tomboy", em um meio onde sempre foi quase obrigatório que idols mulheres escolhessem entre o sexy e o fofo. Ela arrasa na androgenia e é uma das artistas mais autênticas no K-Pop. Amber já declarou que sofria bullying na época de colégio por "não se parecer com uma menina", mas foi como idol que ela descobriu que esse era o seu maior charme.

HwaSa, do MAMAMOO — "POXA, QUE COXA!" A maknae do quarteto performático deu um chega pra lá nos padrões de beleza coreanos com o que a gente chama aqui no Brasil de "corpo violão" (além da voz poderosa e do carisma, que deixam a gente de queixo caído, claro). Acostumados a apreciar corpos supermagros, os coreanos têm elogiado cada vez mais a "aparência saudável" da cantora e apreciado seu talento como uma artista completa. Rainha né, mores?

Peniel, do BTOB — Todo mundo sempre fala das mudanças de estilo e de cores dos cabelos dos idols, mas Peniel assumiu recentemente sua careca! Devido ao estresse, o artista passou alguns anos lutando contra a calvície e escondendo sua condição de saúde até que, com o apoio dos outros integrantes do BTOB, resolveu abrir o jogo sobre seu problema em um programa de variedades, mesmo com receio de ser rejeitado pelos fãs. Vai ter amor pela carequinha sim, Peniel!

Alex, do BP Rania — Alex Reid é o nome da primeira integrante negra (e sem nenhuma descendência asiática) de um grupo de K-Pop. A rapper, cantora, modelo e liricista estreou em 2015 no cenário K-Pop com o hit "Demonstrate" (quando o grupo aìnda se chamava só Rania). Alex trouxe uma pegada mais hip-hop e, depois da renovação de integrantes que rolou no fim de 2016, é colíder das meninas para promoções internacionais. Mesmo ainda no processo de aprender a língua coreana, o talento de Alex chama atenção para o grupo, que tá aí na luta para se estabilizar no concorrido mercado coreano (#TeamAlex).

Além das aparências, é exigência que os idols façam a linha *all around*, ou seja, sejam bons em várias coisas ao mesmo tempo. Não basta saber cantar, dançar ou fazer rap. Em um mercado tão competitivo, fica debaixo dos holofotes quem também souber atuar, for engraçado e tiver habilidades diversas.

Dentro da Coreia do Sul, só uma pequena parcela dos grupos de K-Pop alcança o sucesso. A grande maioria passa a vida intercalando shows e eventos do grupo com promoções individuais em programas de variedades, participando de quadros de humor, talk shows, gincanas, reality shows e outros, para se tornarem mais conhecidos. Por lá, quando o trabalho de 24 horas por dia de dedicação é bem aceito pelo público, são abertas infinitas possibilidades de projetos paralelos para os idols — convites para atuar em dramas e filmes, contratos milionários de propagandas —, fazendo o artista (ou o seu grupo) ganhar valor de mercado. Alguns nomes acabam se tornando verdadeiras marcas registradas e símbolos de status, como o G-Dragon, líder do BIGBANG, considerado o idol mais rico da Ásia.

nicole voon /Wikimedia

GD FOR DUMMIES

Kwon JiYong é o CARA! Ele foi um dos trainees prodígios da YG Entertainment com contrato de exclusividade assinado ainda na infância. O idol veterano escreve, produz, faz rap, canta, dança, modela (sapateia, faz o quadradinho de oito, etc.)! O talento incrível dele pode ser conferido nessa lista de MVs:

One of a Kind: Batida REAL de hip-hop do bom. *Yes, sir!*
Coup d'Etat: Todo artista, ele! Esse clipe tem vários significados escondidos.
Crayon: PRA FICAR DOIDÃO, PULANDO NO MEIO DA SALA E APAVORAR SEUS PAIS!
That XX: Dragões também amam, né? A música do recalque, com participação da Jennie (BLACK PINK).

BIG IDOL BRASIL (OU SERIA COREIA?)

Outra estratégia supercomum é a parceria entre as agências de entretenimento e as emissoras de TV. Quer forma mais fácil de já preparar o terreno entre os fãs em potencial e ganhar dinheiro com os trainees do que expor o processo de treinamento em reality shows? Entre vlogs da vida pessoal e gravações dos dias de treinamento, os coreanos promovem diferentes tipos de programas no melhor estilo Big Brother, eliminando candidatos e formando os grupos aos olhares atentos dos expectadores. Quando os grupos finalmente fazem o seu debut, já chegam quebrando recordes de visualizações no YouTube e dominando as paradas musicais, graças à legião de fãs conquistada durante poucos meses de exposição na TV e na internet.

Alguns dos programas recentes formaram grupos como o VIXX (do programa MyDOL), Monsta X (do programa

No Mercy), mas o grande sucesso de 2016 foi o reality Produce 101, que selecionou 11 trainees dentre 101 garotas de diferentes companhias de entretenimento para formar um grupo por apenas um ano (#VoltaIOI). O sucesso se repetiu em 2017, dessa vez com garotos, com a formação do grupo Wanna One na segunda temporada. Os 11 trainees vão se promover juntos durante um ano e meio e já estavam quebrando a banca antes mesmo do debut oficial, atingindo números de vendas e visualizações que só vimos recentemente com EXO e BTS.

Um dos programas mais famosos dessa leva de reality shows foi o Win: Who Is Next, que trouxe ao público uma disputa entre dois grupos: Time A e Time B. A disputa escolheria o novo grupo masculino da YG Entertainment oito anos após o lançamento do BIGBANG, que debutou em agosto de 2006. O time vencedor seria lançado com o nome de WINNER. O programa foi ao ar entre agosto e outubro de 2013 e contou com dez episódios, com transmissão ao vivo da final. Desse reality show saíram os grupos WINNER (formado pelos vencedores do Time A, que debutou em 2014) e iKon (do Time B, que na teoria precisaria se desmanchar, mas foi mantido como grupo e debutou em 2015), que logo fizeram enorme sucesso.

A Mnet é um dos canais sul-coreanos que mais promove esse formato de programa, como o Show Me The Money — o primeiro reality show de hip-hop da Coreia de Sul, e a sua versão feminina, o Unpretty Rapstar. Outros canais também ganham audiência com programas de talentos, como o Superstar K e o K-Pop Star; que lembram o formato do famoso The Voice.

Qualquer debut ou comeback que se preze precisa de visibilidade em um dos programas musicais, que também premiam os artistas de destaque no ranking da semana. Essas apresentações são levadas bem a sério pelas agências e contam com todo um preparo de cenários e looks que tenham a ver com o conceito adotado para o ciclo de promoções.

Os programas são transmitidos de quarta a domingo e, apesar de serem exibidos por emissoras diferentes, não causam nenhum atrito de audiência de um para outro.

OS MAIS POPULARES SÃO:
- Show Champion (MBC Music)
- M Countdown (Mnet)
- Music Bank (KBS, a "Globo sul-coreana")
- Inkigayo (SBS)

Levar um desses troféus para casa significa que o grupo está bombando de votações on-line, vendas de álbuns e domina o topo das paradas musicais sul-coreanas. É como se rolasse quatro miniversões das premiações da MTV por semana, com direito a lágrimas de emoção e discurso de agradecimento.

Alguns grupos passam anos sem conquistar o primeiro lugar nos programas de ranking, mesmo sendo bem populares — alguns, inclusive, nunca conseguiram esse feito. Isso mostra o volume de grupos e a competitividade desse mercado lá na Coreia do Sul. ∎

EXCLUSIVO: PAPO RETO COM O RAPPER BASICK

Um dos sucessos da telinha coreana, o programa Show Me The Money chegou à quarta edição em 2015 e o título de melhor rapper da Coreia do Sul foi para o Basick. Alguns meses depois da final do concorrido reality de hip-hop, o artista desembarcava em solo brasileiro para um show inédito em São Paulo. Uma noite memorável para os fãs de rap coreano, que lotaram a Ballroom. Supertranquilo e animado por estar no Brasil, Basick parou alguns minutos antes de subir ao palco para uma conversa com a galera do SarangInGayo.

VEM CONFERIR:

SIG: Falando sobre sua experiência no programa: o que te levou a participar do SMTM4? E, na sua opinião, qual foi o melhor e o pior momento do Basick como competidor do reality?

Basick: Pensei que aquela era a minha única chance. Eu era bem mais velho que os demais concorrentes e, não sei, nada para mim é tão divertido quanto fazer rap. A pior parte do reality foi quando eu errei na apresentação de GXNZI, porque antes do SMTM fazia muito tempo que eu não ficava em cima de um palco, então em cada missão, em cada apresentação, eu estava muito nervoso.

SIG: Imagine que as regras do programa permitissem que fossem escolhidos outros dois vencedores além de você. Quem o Basick escolheria para dividir o pódio na final e por quê?

Basick: Mino (integrante do WINNER, idol rapper) e Blacknut. Porque eles são bons pra caramba (risos, isso na verdade era um palavrão). Sobre o Mino, há muitas controvérsias sobre ele, mas ele é um rapper muito bom e um ótimo artista; acho que não há razões para ele não ter ganho. E quanto ao Blacknut, ele é divertido e cria situações, além de ter várias habilidades. Então ninguém pode negar isso.

SIG: Você concilia sua vida como rapstar com a de pai de família. Qual é o papel da sua família em sua vida artística? Como você lida com esses dois mundos tão diferentes?

Basick: Eu não sou um artista do K-Pop, então pra mim é mais fácil viver apenas uma vida regular quando não estou trabalhando. Posso passear com meu bebê, meu cachorro, minha esposa. Posso andar livremente mesmo quando as pessoas me param para pedir fotos ou autógrafos, pois não são centenas de pessoas ao meu redor, então está tudo bem. Eu ainda estou tentando arduamente ser um bom pai, um bom marido, mas às vezes é muito difícil porque minha agenda não segue um horário como para os outros homens, tipo das 9 horas da manhã às 6 horas da tarde, então estou tentando passar mais tempo possível com a família.

O Basick faz parte da mesma agência que as musas do MAMAMOO, e até contou com a participação das meninas durante a semifinal do programa. Ainda não conhece o trabalho do Basick? A canção "Stand Up" pode fazer você se apaixonar. Não deixe de ouvir! ■

A MAGIA DOS ÁLBUNS DE K-POP

Desde 2003, as vendas on-line superam os ganhos com a venda off-line na Coreia do Sul. Por conta desses números, as agências de entretenimento começaram a trabalhar de forma mais ágil e prática, lançando miniálbuns com mais frequência em vez de álbuns completos (que tem um processo mais lento de composição e produção).

Mas não pense que são aqueles CDzinhos básicos que vem na caixinha de acrílico que a gente acha por aqui. Nada disso! No K-Pop, os álbuns físicos são muito mais do que mero detalhe. Todo fã de K-Pop que se preze sonha em ter nas mãos pelo menos um álbum dos seus grupos favoritos. Óbvio que a estética de cada um é pensada com muito cuidado. O design pode incluir evoluções do logotipo do grupo, texturas e materiais diferentes na parte externa (como metal, verniz, alto relevo) e formatos diferenciados. Todos os álbuns de K-Pop possuem algo em comum: um minicard, geralmente autografado digitalmente por um dos integrantes (SURPRESA, É SEU BIAS!), e o encarte é tipo uma enciclopédia com sessões de fotos completas do grupo.

As agências também adoram relançar os álbuns em formatos de luxo ou versões diferentes (que tal comprar 12 versões de um mesmo CD do EXO que só muda o nome do integrante na capa?). É só incluir um *single* novo na lista de músicas, ou uma nova sessão de fotos no encarte, ou até uma capa brilhante cheia de firulas e pronto! Os fãs congestionam lojas e derrubam sites especializados na comercialização desses álbuns ainda na pré-venda.

> Uma das melhores formas de ajudar seu grupo favorito a subir nos rankings é comprando o álbum físico (os mais populares alcançam o cobiçado all kill, que nada mais é do que levar o primeiro lugar em todos os charts musicais coreanos, simultaneamente).

Um álbum de K-Pop geralmente custa a partir de sete dólares, na Coreia do Sul. Quanto maior, mais elaborado e mais famoso o artista, mais caro é esse valor. Os fãs brasileiros gastam bem mais, já que temos que fazer a conversão do dólar e dos impostos em cima de tudo (WAE? ㅠㅠ). E se você não gosta de esperar no mínimo três meses após a compra on-line para ter seu álbum em mãos, já existem lojas no Brasil que importam os lançamentos mais pedidos, para a nossa alegria!

QUEM É A MINHA GALERA?

Tanto apelo audiovisual (melhores clipes, melhores músicas, melhores looks, SIM!) e idols carismáticos atraem as pessoas para os chamados "fandoms". A palavra não é nova para quem é (literalmente) fã de carteirinha de artistas ocidentais, séries, livros, filmes, quadrinhos etc. O termo é a união das palavras inglesas "fan" (fã) e "kingdom" (reino), ou seja, "reino de fãs".

No K-Pop, esse é um assunto sério — e bem delicado. Uma pesquisa feita pelo Serviço de Cultura e Informação da Coreia do Sul, em 2011, revelou que existiam, na época, mais de três milhões de membros de fã-clubes ativos. Isso antes mesmo do boom mundial, quando a neo-Hallyu começou a lançar supergrupos de sucesso internacional. Loucura, né?

Os grupos de K-Pop têm fã-clubes superdedicados com nomes específicos e até cores de identificação. Esqueça as cores básicas do arco-íris, porque teremos aqui do azul-safira-perolado do Super Junior, até o quartzo-rosa-sereno do Seventeen. As nomenclaturas, geralmente, são escolhidas de modo que complementem o nome do grupo em questão.

ALGUNS EXEMPLOS:

* **FÃS DO 2PM SÃO CHAMADOS DE HOTTEST** (já que "duas da tarde é a hora mais quente do dia")
* **FÃS DO MONSTA X SÃO OS MONBEBE** (que significa "meu bebê", em francês)
* **FÃS DO TWICE SÃO OS ONCE** ("se os fãs amarem o grupo uma vez, o grupo vai devolver este amor duas vezes" — tradução para o nome do grupo)
* **FÃS DO VIXX SÃO OS STARLIGHTS** (os fãs são como estrelas para o grupo)

Os *goodies* (termo em inglês para itens de coleção dos artistas) também fazem parte da rotina dos "fãs oficiais": lightsticks (bastões de luz portáteis, de formatos variados, para usar em shows e apresentações), pulseirinhas de silicone com o nome do grupo, balões e qualquer outro produto que a agência conseguir empurrar para a galera que acompanha o grupo adquirir. Ser fã de K-Pop é estourar o limite do cartão de crédito com itens dos idols preferidos.

Uma das coisas mais legais sobre os fandoms de artistas sul-coreanos é a participação intensa dos fãs em eventos de caridade, como forma alternativa de demonstrar apoio para seu idol ou seu grupo favorito. A arrecadação de doações de sacos de arroz e de pastilhas de carvão para aquecimento de residências (o inverno coreano é MUITO GELADO) de pessoas em situação de necessidade é uma das modalidades mais comuns. O apoio de fã-clubes globais já colocou o nome de grupos de K-Pop em escolas na África e até em constelações (sim, alguns fandoms levantaram fundos para que estrelas levassem o nome de seus idols).

TEM FLORESTA DO K-POP NO BRASIL, SIM

> Em 2012, um grupo de fãs do idol Seo TaiJi uniu forças e arrecadou 38,67 milhões de won (aproximadamente R$95 mil) para demarcar aproximadamente 5 hectares de mata atlântica na Reserva Ecológica de Guapiaçu, no Rio de Janeiro, para celebrar os 20 anos de carreira do astro. Seo TaiJi abraçou a ideia dos fãs e adquiriu ainda mais lotes de terra, iniciando o projeto de preservação ambiental **Be the Green**.

Além do aspecto social, integrantes de fã-clubes e donos de fansites (portais on-line dedicados a acompanhar e divulgar o trabalho de um integrante, ou do grupo inteiro, com fotos tiradas pelos próprios fãs, notícias, traduções, agenda oficial de compromissos e até lojinhas de goodies exclusivos) também se preocupam com o bem-estar de seus ídolos. Não existe devoção maior do que enviar um almoço completo para seu artista do coração e sua equipe quando se inicia um novo ciclo de promoções, já que os compromissos durante esse período costumam tomar conta do dia inteiro dos idols. De tão comum que é a prática de "mandar marmitas", já existem até empresas de buffet especializadas nesse tipo de serviço na Coreia do Sul, que preparam as refeições e personalizam as embalagens com adesivos e mensagens de apoio.

> **FANCHANT:** outra forma de apoio ao artista, quando os fãs "cantam" os nomes dos integrantes e do grupo em partes da melodia durante apresentações ao vivo. Tipo torcida organizada mesmo.

MIGA, SUA LOUCA!

É aqui que o fanatismo se transforma em algo perigoso. Todo fandom de K-Pop tem sua parcela de *sasaeng fan*, como são chamadas as pessoas que têm um comportamento obsessivo e sem limites e que invadem a privacidade dos idols. Essas pessoas são conhecidas também como stalkers.

Para chamar atenção dos artistas, sasaengs tomam atitudes como pagar serviços clandestinos de táxi para seguir os famosos o dia inteiro e conseguem o número de celular dos artistas e de seus familiares. Em casos mais absurdos, existem relatos como o caso de YooChun, do grupo JYJ, que tomou um tapa na cara de uma fã, ou de TaecYeon do 2PM, que recebeu uma carta escrita com sangue menstrual e pelos púbicos (EWWW!).

Em casos extremos, o HimChan (do B.A.P) já recebeu café com laxante e passou bem mal durante uma apresentação em um programa musical, HeeChul e LeeTeuk (Super Junior) se envolveram em um engavetamento com sete carros quando o veículo em que estavam era perseguido por sasaengs. E a lista de maluquices só aumenta.

Durante muito tempo, as agências não faziam nada para evitar essas situações, já que muitos sasaengs investem muita grana em álbuns e goodies oficiais dos grupos, ou são filhas de pessoas influentes. Em resposta ao problema do aumento de sasaengs, foi aprovada uma lei em fevereiro de 2016 que prevê uma multa equivalente a 15 mil dólares por perseguição, assim como uma pena de dois anos de prisão. ∎

CRÔNICA DA BABI:
O DIA EM QUE REN (NU'EST) VIROU MEU IRMÃO

Da primeira vez que o NU'EST veio ao Brasil, em 2013, eu fui como fã do primeiro single dos caras — que, por sinal, é meu favorito até hoje. Se tocar "Face" no supermercado, eu começo a dançar como se estivesse em um show. De qualquer forma, foi conhecendo o NU'EST que desenvolvi minha teoria de que todo grupo de K-Pop precisa ter um integrante mais bonito, mais visual e, talvez, mais delicado. E é ótimo! Até porque é o meu tipo de ídolo favorito. Foi por isso que eu instantaneamente me apaixonei pelo Ren. No show em Curitiba foi surreal como ele parecia tão bonito de longe. E eu nem poderia imaginar que, em pouco mais de um ano, estaria sentada ao lado dele em uma van lotada enquanto falávamos sobre suas unhas. E que seria um dos momentos mais loucos do K-Pop para mim!

Tive o prazer de trabalhar na produção do show do NU'EST que aconteceu em 2014. Meu primeiro encontro com o grupo foi durante uma partida de futebol, em São Paulo, e eles estavam totalmente diferentes do habitual: suados, descabelados, sem maquiagem, sem roupas fashionistas. Eram garotos normais, correndo de um lado para o outro e curtindo o momento de descanso, antes do dia inteiro de trabalho que teriam pela frente.

O dia do show foi corrido do começo ao fim. Ensaiar, trocar de roupa, colocar maquiagem, almoçar, ouvir o Aron brincando de DJ (ele sacudia as mãos e tudo!). Todas essas coisas se

juntavam ao crescente frio na barriga que eles sentiam quando o horário de ver os fãs se aproximava. Era visível que eles ficavam mais animados e ansiosos a cada minuto! Um perdia a fome, o outro treinava vocais, outro fingia que dormia, Aron continuava achando que era DJ e o Ren... sempre tranquilo, sorrindo, andando entre todo mundo. O Ren é aquele tipo de pessoa que tem aquela aura de alguém inabalável. Por fora, parece sereno, bonito e cheio de graça, como se uma nuvem estivesse sob seus pés. Depois de um tempo é que fui notar que por dentro ele é uma bagunça fofa de insegurança, nervosismo e vontade de ser cada vez melhor. Mas ele não demonstrou isso em momento algum durante o show! Encontrou os fãs, sorriu de verdade, pediu amor, recebeu amor e doou muito mais do que tudo isso junto. Cada momento foi emocionante.

Esse também foi o primeiro show de K-Pop a que minha mãe assistiu. Ela conheceu um pouco do mundo mágico da música coreana por conviver comigo e virou fã de SNSD e do G-Dragon, ou seja, tem bom gosto! Sem esperar muita coisa, Dona Eliana não imaginava que terminaria aquela noite com mais um filho para o seu coração. Como o ingresso dela era VIP, ela assistiu ao fansign, tirando fotos e prestando atenção em tudo que eles faziam. Em um certo momento, minha mãe me puxou para um canto e disse que estava impressionada com a troca de amor e respeito entre o NU'EST e os fãs. E aí ela entrou na fila quietinha para também pedir autógrafos. Sorriu quando chegou a sua vez, agradeceu em português (como toda mãe provavelmente faz) e guardou a foto autografada na sua bolsa antes de voltar ao seu lugar. Quando olhei para ela, minha mãe levantou o polegar com cara de quem estava orgulhosa – não de mim, dos meninos mesmo — enquanto continuava tirando fotos sem foco e filmando o que podia.

Me lembro até hoje do discurso inflado de amor que fiz quando subi no palco para apresentar o show. Falei de como o K-Pop estava crescendo, de como teríamos cada vez mais shows e que continuaríamos fazendo de tudo para que os nossos ídolos conhecessem os fandoms brasileiros. Na verdade, eu lembro porque minha mãe filmou e mandou para toda a minha família pela internet, embora ninguém tenha entendido sobre o que eu estava realmente falando. Minha mãe entendeu. Ela dançou, pulou e fez as pessoas que estavam em volta dela pensarem que era uma senhora muito doida por fingir que sabia cantar todas as músicas!

Peter Kosminsky/ Flickr

No final, quando todo mundo já tinha ido embora, ela esperou pacientemente até que toda equipe estivesse liberada para, finalmente, comer. Juntamos os garotos do NU'EST e fizemos corrente para levá-los em segurança até a van. Minha mãe ajudou, claro. Algumas horas antes, durante o fanmeeting, um fã tinha passado a mão no Ren e isso deixou minha mãe revoltadíssima! Na corrente, segurava sua bolsa ao lado do garoto e fazia de tudo para protegê-lo de outra mão-boba. "Ninguém mexe com o meu filho", ela disse. Ren não tinha entendido, mas sorriu e ficou bem perto dela, até todo mundo ser alocado com segurança. O único lugar vago, quando entrei na van, foi ao lado dele. Minha mãe foi na frente com o motorista, mas olhava o tempo todo para ver se os garotos estavam bem e se estavam cansados. Eles pareciam exaustos! Do meu lado, Ren ouvia música no celular com a cabeça encostada no vidro, visivelmente sem energia e pensativo. Quando percebeu que eu estava olhando, tirou os fones de ouvido e sorriu para mim. Fez perguntas corriqueiras, "você gostou do show?", "quantos anos você tem?", "eu estava bonito no palco?". Enquanto isso, o resto da van trocava frases aleatórias e decidia onde iriam comer – acabou sendo pizza, claro. No caminho, Ren ainda me mostrou suas unhas decoradas e mais bonitas do que as minhas! E me contou do seu enorme amor pela Lady Gaga.

Na mesa da pizzaria ninguém conversava. A fome era enorme e o único som, além das garfadas, era a minha mãe tentando se comunicar com o Ren. Em um certo momento, ouvimos o garoto chamá-la de "omma" (com bastante aegyo), o que ela não ligou, porque não sabia o significado. A gente sim. Olhei para minha amiga da produção e nós duas rimos enquanto ela servia água para o idol. E o "omma" se repetiu algumas vezes até o lobby do hotel, onde precisei puxar uma senhora relutante até seu quarto enquanto ela acenava um adeus emocionado ao garoto meigo do único grupo de K-Pop que tinha visto ao vivo na vida. Minha mãe registrou uma foto para não esquecer mais dele e até hoje mostra para as pessoas dizendo "o que acham do meu filho coreano? Ele é lindo, né?" com o maior orgulho que uma nova fã pode ter. E se desmancha em elogios, claro. Quem não se desmancharia? ■

PRINCIPAIS GRUPOS DE K-POP: OS VERDADEIROS DONOS DO MUNDO

Vida de idol pode não ser fácil, mas alguns grupos alcançaram a Classe A entre as centenas de artistas no mundo do K-Pop. Independentemente de preferências pessoais, existe uma lista básica de grupos que não tem como ignorar quando o assunto é música popular sul-coreana.

TVXQ / DBSK

Você pode chamá-los de TVXQ (o nome chinês), de Tohoshinki (o nome japonês) ou DBSK, Dong Bang Shin Ki (o nome coreano), mas nós os chamamos de reis mesmo. Formado pela SM Entertainment, o debut do quinteto aconteceu em 2003, já tomando conta dos charts em

2004 com o single "Hug". Mas, numa das grandes tretas da história do K-Pop, o grupo se dividiu: os integrantes Max ChangMin e U-Know YunHo permaneceram na agência SM, enquanto JaeJoong, YooChun e Xiah Junsu processaram a empresa em 2009, criando o grupo JYJ, sob o selo C-JeS. Todos os membros (atuais e ex) possuem sólidas carreiras solo como cantores e atores, além de serem os veteranos mais respeitados da segunda geração de idols de K-Pop. Os vocais e as coreografias de todos eles são de cair o queixo!

Fandom: Cassiopeia (nome adotado em referência à constelação de cinco estrelas, para representar os integrantes iniciais do grupo) ou Cassie.
No Play: "Mirotic" (#ForeverOT5)
Coreô boa pra cover: "Catch Me" (OS EFEITOS VISUAIS DESSE CONCEITO... OMG!)
Música de bad: "Stand By U"

BIGBANG

O quinteto da YG Entertainment é formado por G-Dragon (líder, rapper, produtor), T.O.P (rapper), TaeYang (vocal e dancer), DaeSung (vocal) e SeungRi (vocal e maknae) e está entre um dos maiores nomes do K-Pop de toda a história. Na cena desde 2006, o grupo só começou a chamar atenção na Coreia do Sul em 2009 com as canções "Haru Haru" e "Lies". Os vários escândalos em 2011 (acidente de carro, suposto envolvimento com drogas, etc.) quase provocaram a separação do grupo, mas os meninos passaram pela "crise dos cinco anos" com o comeback triunfal do miniálbum *Alive* (2012), que rendeu uma das turnês mundiais de K-Pop mais longa e bem-sucedida da história. O BIGBANG é um dos atos mais sólidos em termos artístico e monetário, e o reconhecimento internacional inclui posições de destaque nos charts da Billboard e até o título de "Best Worldwide Act", do MTV Europe Music Awards 2011.

> **Fandom:** V.I.P (batizado em homenagem ao primeiro single do grupo)
> **No Play:** "Fantastic Baby" (o refrão vai se repetir na sua cabeça por dias)
> **Coreô boa pra cover:** "BANG BANG BANG"
> **Música de bad:** "Haru Haru" (acústica, porque a dor é maior)

GIRLS' GENERATION (SNSD)

A "geração das garotas" também é conhecida pelo nome em hangul *Sonyeo Sidae* (pronunciado mais ou menos como "sonioxidê") ou SNSD. O grupo feminino debutou em 2007 pela SM Entertainment, inicialmente com nove integrantes (#VoltaJessica). Em seu décimo ano de vida, o grupo conta com a linha vocal composta por Taeyeon (líder), Tiffany,

Seohyun e Sunny e, na linha de dança e rap, traz HyoYeon, Yuri, SooYoung e Yoona. 2009 foi O ANO para as meninas, com o lançamento de "Gee", que levou o troféu de primeiro lugar do Music Bank por nove semanas consecutivas. Em 2011, o SNSD tentou entrar no mercado norte-americano com a versão em inglês da música "The Boys", mas não fez tanto sucesso por lá. Mas a alegre e colorida "I Got A Boy" compensaria o tropeço em 2013, garantindo às Girls' Generation o troféu de Vídeo do Ano na premiação inaugural da plataforma de vídeos YouTube Music Awards. A pegada do SNSD é uma mistura de electropop e "pop chiclete", o que faz MUITO sucesso dentro e fora da Coreia do Sul e deixa essas meninas no topo do entretenimento sul-coreano há quase uma década.

Fandom: SONES (pronuncia-se "so one" e significa que o grupo e os fãs são um só)
No Play: "Run Devil Run"
Coreô boa pra cover: "Catch Me If You Can"
Música de bad: "Indestructible" (do álbum japonês, dedicada aos fãs)

SUPER JUNIOR

Também conhecidos como SUJU, o Super Junior foi formado pela SM Entertainment em 2005, e já chegou a ter 13 integrantes (ou 15, se contarmos os dois integrantes da subunit chinesa, Zhou Mi e Henry Lau). Atualmente, os membros são: LeeTeuk, HeeChul, Yesung, KangIn, ShinDong, SungMin, EunHyuk, SiWon, DongHae, RyeWook e KyuHyun. O famoso single "Sorry Sorry" garantiu um lugar no topo para os meninos desde 2009. O SUJU se divide em várias subunits há anos, visando vários mercados diferentes (tem grupo chinês, grupo que só canta ballad — estilo musical lento, como baladas —, outro que só canta trot, entre outros gêneros e conceitos). Entre as inúmeras premiações, o SUJU levou os troféus de International Artist e Best Fandom no Teen Choice Awards, de 2015. Os caras também dominam não só os charts musicais, como são figuras importantes no cenário de entretenimento sul-coreano, apresentando programas de TV, rádio, comerciais de grandes marcas e até estrelando filmes.

Fandom: ELF (abreviação para Everlasting Friends, isto é, amigos para sempre)
No Play: "Bonamana" (nostalgia, sim!)
Coreô boa pra cover: "Sexy, Free & Single" (UI!)
Música de bad: "Reset" (segura esses vocais, então)

2NE1

Uma das maiores perdas para os fãs de K-Pop do mundo inteiro, já que o grupo se separou oficialmente no fim de 2016, o 2NE1 debutou em 2009, pela YG Entertainment, como "a versão feminina do BIGBANG". O quarteto era formado por CL (líder, rapper e vocal), Minzy (maknae, vocal e main dancer), Park Bom (main vocal) e Dara (vocal e face) e revolucionou toda a cena do K-Pop com seu estilo girl power. Os hits são incontáveis, mas a explosão veio com o single "I Am The Best", de 2011, que ainda toca nas baladas pelos quatro cantos do mundo, mesmo que ninguém na festa saiba que se trata do tal do K-Pop. Enquanto cada uma das ex-integrantes continua com atividades solo, o destaque vai pra "The Baddest Female" de CL (que já fez parceria com nomes como Skrillex, Diplo, will.i.am e tantos outros. Ela ainda é amiga do estilista Jeremy Scott. Tá bom, ou quer mais?).

> **Fandom:** BlackJack (o nome em inglês para o jogo de cartas 21, um trocadilho com o nome do grupo)
> **No Play:** "Crush"
> **Coreô boa pra cover:** "I Am The Best" (HINO!)
> **Música de bad:** "Goodbye" (chorando lágrimas de sangue com a última música lançada pelo trio, após a saída da Minzy, e o anúncio de que o grupo acabou)

EXO

E-X-O! Este grupo é outro sucesso da SM Entertainment, que debutou em 2012. Inicialmente, era formado por 12 integrantes já divididos em subunits: a sul-coreana (EXO-K) e a chinesa (EXO-M). A intenção era bombar nos dois países simultaneamente (porque ninguém tem tempo a perder por aqui, não é mesmo?). O álbum *XOXO* (2013) vendeu mais de um milhão de cópias físicas, o que fez do grupo o mais bem-sucedido no K-Pop em vendas físicas. A lista dos meninos de premiações e primeiros lugares em charts poderiam preencher um almanaque inteiro. Em 2017, o EXO era composto por Suho, Sehun, XiuMin, BaekHyun, Lay, Chen, ChanYeol, D.O. e Kai, e, mesmo depois dos escândalos causados pelos processos e saída dos integrantes chineses (Kris Wu, Luhan e Tao), o EXO ainda é um dos chefões da neo-Hallyu, com suas coreografias elaboradas e linha vocal potente.

Call me, Baby!

Fandom: Fandom: EXO-L (O "L" vem da palavra *love*, "amor" em inglês. E também porque o L é a letra que fica entre o K e o M (o "amor" que une as units EXO-K e EXO-M. Daí que vem o We Are One do EXO)
No Play: "El Dorado" (não precisa ser música de trabalho para ser boa, tá?)
Coreô boa para cover: "MAMA" (boa sorte com os passinhos rápidos no final)
Música de bad: "Baby Don't Cry"

BTS

Para a galera que acabou de entrar no mundo do K-Pop, os maravilhosos são esses aqui: Rap Monster (líder, rapper e produtor), Suga (rapper), J-Hope (rapper e main dancer), Jimin (lead vocal e dancer), V (subvocal), Jin (vocal e face) e JungKook (maknae, main vocal, dancer e rapper de apoio). Os meninos debutaram na Big Hit Entertainment, em 2013. O nome BTS significa "Bangtan Sonyeondan", em inglês "Bulletproof Boy Scouts" (meninos à prova de balas). Logo na estreia, o BTS já surpreendia levando o título de Artista do Ano em TODAS as principais premiações da Ásia com o hit "No More Dream". O crescimento do grupo em menos de quatro anos de existência é fora de série, e seu estilo baseado no hip-hop conquista legiões de fãs — mesmo para quem nem manja nada de K-Pop. O BTS se tornou superpopular com seus rappers vigorosos, os vocais "à la Justin Timberlake" e as coreografias extremamente poderosas, além de serem os novos representantes da neo-Hallyu pelo mundo. Deixando de lado aquela história de que os idols dependem de outros para criar suas músicas, o BTS é responsável pela composição e produção de seus álbuns, participando de todo o processo. Os miniálbuns e os álbuns completos também seguem uma sequência de temas, assim como os clipes mais recentes. Já está liberado fazer uma maratona de playlist com toda a discografia e filmografia deles e viciar nos Bangtan. Eles já vieram ao Brasil três vezes, todas elas com shows esgotados (o de 2017 levou 14 mil fãs ao Citibank Hall, em São Paulo, em dois dias de eventos); inclusive foi a Babi Dewet quem apresentou o primeiro showcase deles por aqui, em 2014. ÉPICO.

> **Fandom:** A.R.M.Y (um acrônimo com a palavra em inglês para "exército", mas que na verdade significa Adorable Representative M.C for Youth)
> **No Play:** "Not Today"
> **Coreô boa para cover:** "Fire" (difícil escolher só uma, hein?)
> **Música de bad:** "Let Me Know" (PARA DESTRUIR O CORAÇÃO, SIM!)

SHINEE

O SHINee é um grupo da SM Entertainment que debutou em 2008. O quinteto formado por Onew, JongHyun, Key, Taemin e MinHo arrasa nos mais diversos conceitos, com uma linha vocal de tirar o fôlego e performances que misturam o melhor da parte fashion, com coreografias incríveis e muito carisma. Ou seja: os caras são a personificação do que definimos como K-Pop. Como se não bastasse o talento nos palcos, todos participam de programas de variedades ou estão no elenco de algum drama popular. Eles já vieram ao Brasil duas vezes, na programação do Music Bank Festival em 2014 e como atração especial de um desfile de moda fechado para convidados, em 2015.

Fandom: Shawol (abreviação para "SHINee World", o mundo do SHINee)
No Play: "Lucifer" (uma das nossas favoritas!)
Coreô boa pra cover: "Sherlock"
Música de bad: "Quasimodo"

Estes artistas também não podem ficar de fora da sua vida (só porque a gente disse mesmo), então procure por: BoA, Rain, BEG, Wonder Girls, 2PM, T-Ara, After School, SS501 e Epik High!

NO RADAR: MAMAMOO

No K-Pop sempre tem aquela galera que é talentosa desde o debut e que a gente tem um pressentimento de que vai estourar MUITO a qualquer momento. É o caso do MAMAMOO, o quarteto feminino com vocais espetaculares, lindas harmonias, performances divertidas e um ar total de divas. Formado por HwaSa, Solar, WheeIn e MoonByul, o grupo chama atenção pelo estilo jazz (com uma pegada mais groovie e funky), algo raro dentro do K-Pop. As meninas estão na área desde 2014, sob a agência Rainbow Bridge World (RBW Entertainment) e vêm ganhando notoriedade pelas apresentações únicas em programas de sucesso na telinha coreana e pela postura mais despojada (e bem menos robótica) de ser. Elas também são amadas pela personalidade divertida e calorosa com o público e outros idols. Como não amar? ■

> **Fandom:** MooMoo (uma abreviação fofa do nome do grupo)
> **No Play:** "Ahh Oop!" feat. Esna
> **Coreô boa pra cover:** "Décalcomanie" (Sexy, sem ser vulgar, LOL)
> **Música de bad:** "I Miss You"

ENTREVISTA EXCLUSIVA: O AMOR DO BTS PELO BRASIL

Durante o período da chamada Trilogia Escolar, que marcou o primeiro ano e meio de trabalho do grupo, o Bangtan teve duas passagens pelo Brasil. Em 2014, a euforia dos A.R.M.Ys brasileiros levou 1500 fãs ao Via Marquês (SP) para o fanmeeting "O!RWeL8" (abreviação do inglês para "Oh! Are we late?" — "Oh! Estamos atrasados?"), que foi apresentado pela Babi Dewet (uma das autoras deste livro). O encontro foi a maneira que o grupo encontrou de retribuir o apoio incondicional dos fãs internacionais, ao mesmo tempo em que o Bangtan se preparava para retornar com seu primeiro álbum completo, *Dark & Wild*. Já em 2015, Rap Monster, Jin, Suga, J-Hope, Jimin, V e JungKook voltaram ao país para outro feito inédito: seis mil fãs lotaram o Espaço das Américas (SP) para um show que fazia parte da turnê Live Trilogy: Episode II. The Red Bullet.

Cinthya Tognini

"Ter chegado bem perto deste alvo que foi ganhar o prêmio Rookie, após nos esforçarmos tanto, e chegar até lá fora [no exterior] também me faz querer retribuir aos fãs de alguma forma." – Park Jimin, BTS

A retribuição de que Jimin falava para o SarangInGayo, durante uma entrevista em 2014, se repete três anos depois, com a terceira vinda do grupo ao Brasil. Dessa vez, foram dois shows esgotados no Citibank Hall (SP), contabilizando um total de 14 mil pessoas gritando e cantando junto os maiores sucessos do BTS. Simplesmente ÉPICO.

O trabalho dos meninos é bem amarrado pela liderança de Rap Monster. Durante a entrevista concedida ao SIG em 2014, Kim NamJoon (nome verdadeiro do "monstro do Rap") foi categórico ao garantir que suas habilidades como compositor e produtor musical seriam focadas apenas no BTS: "Por enquanto, vou deixar apenas para o nosso time, porque o Bangtan sempre vai vir em primeiro lugar".

Em meio à conversa descontraída sobre a carreira (que, na época, só estava no começo do caminho para o estrelato que conhecemos hoje), o BTS ficou bem confortável para compartilhar com o SarangInGayo suas expectativas com os fãs locais, naquela que ainda era sua primeira visita em solo brasileiro:

SIG: Vamos falar sobre o Brasil, então. Esta é a primeira vez de vocês em nosso lindo país. O que vocês já sabem sobre nós e o que esperam enquanto estiverem por aqui?

V: Eu, desde criança, via desenhos (em papel) e vídeos sobre o samba brasileiro (risos) porque é muito popular. Eu gostaria de dançar o samba (risos).

J-HOPE: Sempre falam que o Brasil tem cidades muito bonitas e esta é a nossa primeira vez aqui, né? Então eu quero poder visitar todas estas cidades brasileiras.

JIN: Eu sempre ouvi que o Brasil é um país exótico e eu queria muito experimentar esta sensação. Ver as pessoas se divertindo e alegres.

JUNGKOOK: Eu quero experimentar as comidas de rua. E quero comer coisas diferentes.

SUGA: É algo muito diferente da Coreia do Sul. Estamos com 12 horas de diferença. E sempre foi um país que eu quis muito visitar. Ao chegar aqui, me senti muito emocionado, pois é um país bonito e charmoso. Queria poder sair para me divertir… (risos) mas não podemos. É uma pena, mas, quem sabe se tiver oportunidade uma outra vez, vou gostar muito de vir.

RAP MONSTER: Eu quero ir para o Amazonas, porque desde criança eu sempre fiz caminhadas e sempre ouvi falar de atletas que faziam trilhas por lá. Então acabei ficando com vontade. Chegando aqui, o que eu pude sentir, até conversando com os produtores, é que o país é único. E também há a grande mistura de raças, não é? Isso é muito legal. E o estilo de roupa também difere muito. Eu senti muito isso em Los Angeles, mas sinto muito mais essa diferença aqui no Brasil. Então, gostei muito disso (risos).

JIMIN: Para falar a verdade, não tivemos muita oportunidade de conhecer a cidade (São Paulo), mas ouvimos muitas coisas sobre o Brasil e é uma pena que não podemos sentir tudo isso de perto.

RAP MONSTER: Eu tenho algo interessante para contar. Quando cheguei ao Brasil, tive que mostrar meu passaporte sul-coreano na Imigração no aeroporto e era um rapaz que me cumprimentou em coreano, então eu cumprimentei de volta e falei que o coreano dele era muito bom. Então ele me disse que gostava muito de K-Pop, e eu perguntei se ele conhecia o BTS, e ele respondeu que sim! Consegui passar sem problemas pela Imigração (risos). Ele sabia o nome das músicas e quem era o Bangtan Boys. Achei isso muito interessante, ainda mais em um país com 12 horas de diferença. Tudo isso é muito bom, e como nós conseguimos alcançar (o público) até aqui me deixa muito curioso. ∎

Cinthya Tognini

O "CÁPÓPE" NO BRASIL

Não dá para determinar exatamente quando e como o K-Pop chegou ao Brasil, mas conseguimos perceber como ele começou a conquistar mais e mais fãs a partir de 2011, quando houve realmente o boom da Hallyu por aqui. A mudança, a cada ano, é significativa demais para ignorar.

Além disso, desde 2011, o Brasil tem recebido cada vez mais shows de K-Pop em território nacional. O primeiro deles foi o festival United Cube – Fantasy Land, que trouxe os artistas da Cube Entertainment até então: 4Minute, BEAST e G.NA, realizado em São Paulo no dia 13 de dezembro de 2011.

> A Cube Ent. enfrentou uma crise em 2016, após o disband do grupo 4Minute e o anúncio da saída do quinteto BEAST — principal artista da agência, ao lado de HyunA. A empresa passou por mudanças de agenciamento drásticas, desde a fusão com a chinesa Woori Special Purpose Acquisition 2 (Woori SPAC II) e os idols pareceram não se encaixar no novo formato. O BEAST entrou numa treta judicial com a Cube após saírem da agência e acabaram anunciando o debut por outro selo com um novo nome, HIGHLIGHT. Maior rolo!

Depois disso, alguns outros artistas marcaram presença com shows no Brasil e trouxeram um pouquinho da Coreia do Sul para os fãs brazucas. Não se engane, a lista é grande! Além de idols do K-Pop, outros representantes da cultura sul-coreana também passaram por terras brasileiras, como Kim KyungHo, Jo SungMo, Kim BumSoo, além dos considerados pioneiros que vieram em agosto de 2011, Tony Ahn (ex-H.O.T.) e Byul.

CONHEÇA UM POUQUINHO DOS GRUPOS E IDOLS DE K-POP QUE VIERAM AO BRASIL DESDE O FESTIVAL DA CUBE ATÉ O FECHAMENTO DA PRIMEIRA EDIÇÃO DESTE LIVRO:

XIAH JUNSU — O cantor, ex-TVXQ e atual integrante do grupo JYJ, veio a São Paulo no dia 8 de setembro de 2012 com a turnê Tarantallegra 1st World Tour. O show foi intimista, embora extravagante, com direito a trono no palco e muita música sem playback. Para quem nunca ouviu nada dele, Junsu é um cantor com uma das vozes mais bonitas do K-Pop.

AILEE — A dona do vozeirão já veio ao Brasil três vezes! Na primeira, em 24 de fevereiro de 2013, com o 2K13FEELKOREA, em São Paulo, um evento organizado pelo KOFICE, em parceria com o Ministério da Cultura, Esporte e Turismo da Coreia do Sul, junto de outros artistas como o HyunJoong, do SS501, BAECHIGI e ONGALS. A segunda vez foi no Music Bank no Rio de Janeiro, em 2014, e a terceira no Korea Music Fest 2015, em 22 de setembro de 2015, também em São Paulo.

SUPER JUNIOR — O grupo trouxe ao Brasil a turnê mundial Super Show 5, com uma apresentação no dia 21 de abril de 2013, em São Paulo. Foi um show enorme, com telões gigantescos, palco modificado e os meninos até cantaram em português! "Ai se eu te pego" era o hit do momento e eles aprenderam a cantar direitinho!

NU'EST — Outro grupo que já é quase brasileiro! Os garotos do NU'EST já vieram para cá três vezes. A primeira vez foi no dia 15 de dezembro de 2013, em Curitiba, e juntou fãs de todo o país. A segunda vez foi no dia 27 de setembro de 2014, em São Paulo, com direito a fansign e meet & greet e a terceira, em 4 de setembro de 2015, também em São Paulo.

LUNAFLY — O grupo veio ao Brasil quando ainda tinha três integrantes, participando de showcase, fansign e fanmeeting no dia 18 de abril de 2014, em São Paulo. Junto, como participação especial, veio a JeA, do Brown Eyed Girls, que se divertiu bastante com eles por aqui.

  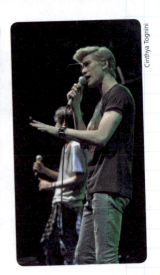

MUSIC BANK — Um dos maiores eventos de K-Pop no mundo, o Music Bank teve uma edição brasileira em 7 de junho de 2014, no Rio de Janeiro, e reuniu vários artistas em um só lugar! Entre eles, Ailee, B.A.P, CNBLUE, INFINITE, MBLAQ (que já tinham vindo ao Brasil como convidados de um concurso de covers de K-Pop), M.I.B e SHINee. Foi inesquecível!

BTS — Os Bangtan já são figuras carimbadas no cenário do K-Pop no Brasil. O primeiro show e fanmeeting deles por aqui foi com a turnê do O!RWeL8? no dia 1 de agosto de 2014, em São Paulo, dando início a uma nova era do K-Pop no país. Depois, os garotos retornaram para um show com ingressos esgotados no dia 31 de julho de 2015, também em São Paulo, com a Live Trilogy, Episode II. The Red Bullet. Voltaram em 2017, nos dias 19 e 20 de março, pela primeira vez com dois shows seguidos e que esgotaram ingressos em questão de minutos, lotando a casa com mais de 14 mil fãs. Um marco!

Cinthya Tog

TOPP DOGG — O grupo realizou um showcase inesquecível no dia 14 de fevereiro de 2015 em São Paulo, com direito a muitas brincadeiras, coreografias e surpresas para fãs, que receberam caixas de chocolates autografadas em homenagem ao Valentine's Day.

BOYFRIEND — Os garotos fizeram um supershow em São Paulo, no dia 1 de maio de 2015, mostrando um lado divertido para os fãs e trazendo a turnê Be Witch pela primeira vez à América do Sul.

CROSS GENE — Foi a primeira vez em que um grupo de K-Pop fez parte do line-up de um festival como o Anime Friends no Brasil, em 10 de julho de 2015. E eles ainda foram jurados do concurso de covers, o que foi muito especial.

BASICK — A Asia High Society Party trouxe no dia 28 de novembro de 2015 o rapper vencedor da quarta edição do programa Show Me the Money, junto com os irmãos do OBroject, para um formato de evento que ainda não era comum por aqui, com artistas coreanos se apresentando em baladas.

UNIQ — No dia 25 de junho de 2016, o UNIQ passou pelo país com um fanmeeting superintimista. O grupo, composto por coreanos e chineses agitou cerca de dois mil Unicorns (nome dos fãs) brasileiros.

24K — O grupo veio em dezembro de 2016 e passou por quatro cidades brasileiras: Rio de Janeiro, Belo Horizonte, Curitiba e São Paulo, fazendo algo diferente do que acontecia no cenário até então. Rolou show oficial somente em São Paulo, enquanto nas outras cidades os rapazes participaram de tardes de autógrafos e encontro com os fãs.

Érica Imenes

STELLAR — Foi o primeiro grupo feminino a fazer show solo em território brasileiro, sendo um fansign em Fortaleza no dia 25 de março de 2017 e um showcase em uma balada, no dia 26 de março de 2017, em São Paulo! Apesar de pequeno, o show foi bem bacana para os fãs de girlgroups!

MASC — Os garotos do MASC, superanimados e simpáticos, vieram fazer uma turnê de fansign pelo Brasil começando no dia 2 de junho de 2017, em São Paulo, com um showcase onde tocaram até Roupa Nova! No dia seguinte, o grupo seguiu para Curitiba, onde fez uma sessão de autógrafos animadíssima. Logo depois pousaram em Porto Alegre, no Rio de Janeiro e o evento final foi no dia 8 de junho, em Belo Horizonte, deixando muitos fãs por onde passaram.

KARD — O grupo misto mais famoso dos últimos tempos no K-Pop esgotou ingressos no Brasil em apenas 30 minutos e toda sua passagem por aqui foi considerada de muito sucesso! Eles passaram no dia 23 de junho para uma tarde de autógrafos em Fortaleza, depois em Salvador, Recife e Rio de Janeiro. A turnê terminou em São Paulo, com dois shows esgotados nos dias 1 e 2 de julho de 2017, com muitos hits, surpresas e interações com os fãs! Os caras nasceram para o Brasil!

`BLANC7` — Os meninos também vieram ao Brasil em uma superturnê em julho de 2017, passando pelo Anime Friends, em São Paulo, além de várias outras cidades, inclusive Rio Branco no Acre. Fizeram o maior sucesso e ganharam ainda mais fãs por aqui!

Outros idols de K-Pop também passaram pelo Brasil em eventos e pequenos encontros, como o VIXX (no Korean Brand & Entertainment Expo 2014), o SHINee (Fashion Passion em 2015), Luna e Amber do f(x) (Fashion Passion em 2015), DongJun e Kevin do ZE:A (no Star Date Pocket Show Special Brazil em 2012), PSY (Carnaval de Salvador e de São Paulo em 2013).

Alguns shows já foram anunciados e cancelados no Brasil, para desespero dos fãs, como no caso do BIGBANG, UKISS, Wa$$up, Jay Park, MBLAQ, B.A.P e outros. Os motivos de cancelamento ou desistência dos grupos são vários e vão desde conflitos de agenda dos artistas na turnê, falha em negociações, problemas pessoais dos idols até a capacidade do Brasil em receber shows de K-Pop de porte muito grande. Os fãs brasileiros vêm aumentando a cada ano, mas o país ainda não é considerado um mercado rentável para os shows, principalmente por falta de patrocínio. Mas estamos mudando isso! Somos uma potência da Hallyu em construção. Por esse motivo, as produtoras estão trazendo cada

> BoA, Xiah JunSu, Tablo (Epik High) e Jin Bora vieram ao Brasil em 2007 para gravar um comercial de celular da Samsung, chamado Anycall – inclusive, o nome fantasia do grupo deles era Anyband. O MV do comercial foi gravado no Rio de Janeiro, que foi maquiado para parecer uma cidade internacional com placas de sinalização em inglês e tudo mais! As duas músicas que compõe o MV são "Talk Play Love" e "Promise U".

vez mais shows e eventos de grupos menores, iniciantes ou até os famosos flops, para que eles possam ir abrindo caminho para que no futuro os grandes grupos possam vir com segurança. Anotem aí: isso tem dado muito certo!

NO BACKSTAGE

Com várias empresas trazendo grupos todos os anos, os fãs ficam cada vez mais curiosos para saber o que um grupo precisa para vir ao Brasil. Como rola esse processo?

BOM, É MAIS OU MENOS ASSIM:

■ As agências sul-coreanas entram em contato com empresas brasileiras de produção de shows, ou vice-versa. A negociação pode durar meses até achar uma data viável para ambos os lados e chegar a um acordo sobre o valor final de contrato. Cada detalhe importa!

■ A vinda dos artistas raramente acontece em momentos de comeback, premiação ou hiato. Alguns grupos, inclusive, podem acabar marcando shows com datas próximas no Brasil por terem agendas parecidas na Coreia do Sul, já que por lá, vocês sabem, é tudo bem movimentado.

■ Geralmente, as datas de shows só são divulgadas ao público mediante aprovação da empresa sul-coreana ou dependendo do que for especificado no contrato (não odeie as produtoras brasileiras, tá?). É normal ficarmos sabendo dos shows com pouco tempo de antecedência, pois normalmente é seguido o padrão da Coreia do Sul, onde os ingressos se esgotam rapidamente após a liberação para o público. O que é um pouco diferente daqui... a gente sabe.

■ É comum o grupo de K-Pop vir ao Brasil com sua própria equipe de produção, maquiadores, cabeleireiros e dançarinos (existem equipes com mais de 30 pessoas para cuidar de quintetos, por exemplo!).

■ Muitos shows que já estão praticamente fechados caem quando o *rider* (aquele documento com as especificações de equipamento) chega para a produção brasileira. Ou seja, dependendo do porte do artista, da agência e do conceito da turnê, o evento pode ser caro demais nos itens de cenário, luz, áudio e outros detalhes técnicos. Aí que o show não rola mesmo!

NÃO ROLOU SHOW DO SEU GRUPO FAVORITO?

Calma! Ainda existem diferentes tipos de eventos em que os idols de K-Pop podem aparecer no Brasil, além dos concorridos shows. Alguns deles são:

FANMEETING — Evento em que os idols se encontram com um grupo de fãs, batem papo e socializam a uma certa distância. Não rola skinship, mas você pode gritar palavras de amor.

FANSIGN — Os idols autografam álbuns ou pôsteres, dependendo do que a produção limitar. Normalmente não é permitido tirar fotos e nem ter skinship com eles.

HI-TOUCH — Mais comum na Coreia do Sul, os idols se posicionam sem se aproximarem muito e dão um high-five com os fãs, um a um, como em um cumprimento.

SHOWCASE — É realizado um show de proporções menores, em que o grupo apresenta poucas músicas e interage com o público com jogos ou brincadeiras. ■

CRÔNICA DA BABI:
O DIA EM QUE CONHECI OS "GAROTOS À PROVA DE BALAS"

Um dia eu descobri o K-Pop e acredito que foi quando a luz surgiu, sabe? No dia em que meu mundo finalmente começou a girar em volta de idols e bias, flops e JYP, "Sorry Sorry" e " Fantastic Baby" e eu me tornei aquela chata entre os amigos mundanos, aquela que imita as falas de dramas sem que ninguém saiba o que é isso. É como um vício tão profundo que não tem nem como atingir o fundo do poço: com shows de K-Pop flop e coreografias impossíveis para pessoas como eu reproduzirem.

Depois de passar muito tempo fazendo vídeos sobre K-Pop na internet, criando conteúdo para sites, trabalhando em eventos e shows, recebi uma proposta que, de certa forma, me deixou sem chão: se eu queria apresentar o show e o fanmeeting do BTS em São Paulo, lá em 2014. É tipo perguntar se eu preciso de ar para viver ou se o f(x) precisa da Sulli! A resposta era óbvia: COM CERTEZA! Desde que comecei

Cinthya Tognini

Hopesmiling/Wikimedia

com o K-Pop sempre fiz tudo por amor. Eu não cobrava para ajudar, para ir a um show ou evento, para ralar ou viajar de cidade em cidade. Na real, eu quase sempre paguei todas as minhas despesas com um sorriso no rosto. E foi assim, então, que topei o desafio de subir no palco com o BTS e seguir o roteiro mais estranho que já tinha visto na vida! E olha que eu entendo de roteiros! Sou formada em Cinema e fiz a matéria duas vezes — o professor achava que eu escrevia bem livros e não filmes, o que fazia algum sentido porque hoje sou escritora mesmo.

Naquele primeiro de agosto de 2014, eu tremia na base por dois motivos: precisava decorar os nomes corretos dos BANGTAN BOYS e seguir passo a passo um roteiro completamente diferente, marcado por tempo e tradução simultânea. Foi uma diversão, mas eu estava apavorada! Como uma boa fã e A.R.M.Y. (desnaturada, eu sei), eu sabia o nome dos meus favoritos e não conseguia decorar três deles: JungKook, Jin e Jimin.

TRÊS! Eu sabia apontar o Suga, o Rap Monster, o V e o J-Hope. Parece absurdo, mas eu acabo inventando nomes para os idols na minha cabeça (como chamar de BTS1, Brinquinho, Altinho, Fofinho... eu fazia isso com as Spice Girls e com os Backstreet Boys, não me julguem!) e estava morrendo de medo de acabar soltando uma pérola dessa no meio do palco. Imagina só?! "Agora é a vez do Brinquinho falar e...", não, obrigada.

Acabei assistindo à passagem de som do BTS, e a equipe, muito legal comigo (Highway Star S2), ficou tentando me ensinar a diferenciar os membros pelos cabelos e brincos. Meus olhos iam do Suga para o Rap Monster, mas precisava realmente prestar mais atenção ao Jin, por exemplo. Jin, Jin, Jin... Jimin? Droga! Ainda durante a passagem de som, precisei subir ao palco para testar a luz e a marcação acompanhada pela tradutora, que foi supersimpática e me confirmou que as lendas sobre idols são verdadeiras. Quando fiquei de cara com os sete integrantes, somente o Rap Monster levantou o rosto. Me aproximei de cada um e me apresentei, prestando atenção ao cabelo, formato do rosto, acessórios e tudo mais. Mas nenhum deles realmente ficava por perto. Tive o maior cuidado de estender a mão e ser formal, mas estava dando risadinhas por dentro porque eles estavam morrendo de vergonha de mim! Mais do que eu, que (HELLO-O!) estava diante de pessoas que só tinha visto pelo YouTube. Rap Monster falou em inglês, fez alguns maneirismos com a mão e logo eu estava segurando meu roteiro e enquadrada no canto do palco. Daí eu descobri algo sensacional.

Na hora do quiz e das brincadeiras, no meio do show, os BTS ficariam em uma formação sólida e marcada. YES! Ponto para mim, que poderia simplesmente decorar a localização dos membros sem nem precisar reparar nos detalhes. Eu estava radiante. E nem notei como eles arregalavam os olhos a cada vez que eu falava algo sem noção ou fazia alguma brincadeira. Será que daria mancada na hora do show?

Depois do ensaio geral, fiquei no backstage enquanto eles se arrumavam. Estava aliviada porque a formação seria marcada no palco, já que nos primeiros cinco minutos de trocas de roupas, cada um modificou drasticamente os cabelos, figurinos, maquiagens e acessórios! Enquanto passava entre eles, observava como a tradutora falava os nomes dos garotos em voz alta e eu podia escutar que alguns davam risadinhas e pareciam notar que a apresentadora aqui estava um pouco nervosa e perdida. E eu tentava agir com muita confiança! "Eu sei cantar todas as músicas de vocês!", eu queria mostrar para eles. O show estava prestes a começar, a galera gritava muito, os A.R.M.Ys se organizavam nas pistas e notei mais um detalhe curioso e intrigante: o BTS todo ficou, de repente, muito nervoso. Todos eles. Se mexiam, rezavam, davam pulinhos, olhavam várias vezes no espelho, cantavam baixinho e suavam frio. Não teve um que estivesse completamente confiante para encarar o público brasileiro, que fazia farra e parecia tão animado e feliz. A gente faz barulho, vocês

sabem! Era hora de subir no palco e, embora visivelmente trêmulos, os sete estavam radiantes e energéticos. Acho que mal podiam esperar para conhecer os A.R.M.Ys do Brasil e receber aquela vibração intensa que vinha do outro lado das grades. E foi assim que um dos shows mais legais de K-Pop em terras brasileiras começou.

Admito que eu relia meu roteiro várias vezes e que, embora estivesse nos bastidores dançando e cantando todas as músicas, eu queria berrar e dar gritinhos como todas as fãs. Até que chegou minha hora de participar. Eu estava confiante na ordem do palco e pude notar, assim que pisei ao lado deles lá em cima, que todos os meninos estavam felizes demais. A diferença de como estavam no início era visível e inebriante. Me cumprimentaram, estavam mais livres e aparentemente corajosos! Eu brinquei, fiz piadas ruins, errei o roteiro, chamei a atenção de fã sem noção (eles me ajudaram) e até dancei parada em algum momento — e eles olhavam, riam, brincavam junto, aceitavam os erros

e erravam também, além de dançarem, obviamente, bem melhor do que eu.

Na hora do quiz, recebi um apoio que eu não poderia imaginar nem nos meus sonhos: ao ler a pergunta para os integrantes do BTS, começando pelo Jimin, o idol apontou para si mesmo, olhando para mim, e dizendo o próprio nome em voz alta. E ele estava sorrindo, discretamente, assim como todos — como se fosse algum tipo de segredo entre a gente. No fundo, eu queria chorar, agradecer, ajoelhar e jogar pétalas de rosas no palco inteiro. Sem saber, Jimin meio que salvou minha vida por alguns segundos. Eu não tinha reparado, mas eles notaram que eu estava um pouco nervosa e perdida e, um atrás do outro, disseram seus nomes antes de responderem às perguntas, olhando para apresentadora maluca (euzinha mesma!). Se isso não é amor, não é apreço e coleguismo, eu não sei o que é. Sei que tudo correu bem, eu não errei o nome de ninguém e fui honestamente sacaneada em momentos divertidos por ídolos que até então eu só tinha visto pelo computador. Surreal!

A vida faz muito mais sentido quando a gente vive um espetáculo por dia, fazendo tudo com amor e dedicação, respeito e companheirismo. Até aqueles caras intocáveis da Coreia do Sul me mostraram isso com um simples gesto de carinho. E eu nunca vou esquecer desse momento. Você esqueceria? ∎

ENTREVISTA EXCLUSIVA: CROSS GENE SEM TABUS

Cinthya Tognini

O Anime Friends 2015 (um dos maiores festivais de cultura pop da América Latina) reuniu mais de quatro mil pessoas na frente do palco do "K-Pop Day" para ver o grupo CROSS GENE pela primeira vez no Brasil. O grupo multicultural — que conta com integrantes da Coreia do Sul, China e Japão — investe na representatividade de várias nações asiáticas para um K-Pop mais plural. O bate-papo com o SarangInGayo rolou logo depois do show dos meninos, em meio à gritaria do público e o completo êxtase de Casper, Shin, SangMin, SeYoung, YongSeok e Takuya.

Em um backstage barulhento — por conta do show da banda japonesa Screw, que rolava ao mesmo tempo em que conversávamos —, Takuya se sentou mais próximo da equipe do SIG para que as jornalistas não precisassem gritar as perguntas (superfofo e atencioso, né?). Aproveitando a atenção do idol, falamos sobre a atuação dele no webdrama *The Lover*, cujo personagem fazia parte de um casal homoafetivo.

Especialmente na Ásia, a homossexualidade ainda é considerada um tabu social, e Takuya contou que se divertiu com as gravações do drama e agradeceu pela experiência de poder lidar com um tema polêmico na Coreia do Sul de forma natural. "O papel que eu interpretei foi o de um homem que gosta de outro homem, mas isso não mudou o fato de ter que demonstrar um amor belo. Eu creio que o público em geral sentiu emoções diferentes ao assistir o webdrama. Mas creio, também, que a maioria foi sentimentos bons. Muitas pessoas gostaram do casal formado por dois homens", o astro afirmou na entrevista. Apesar das constantes brincadeiras entre si durante o dia, todos os integrantes concordavam com seu líder japonês, enquanto ele concluía: "Eu acredito que o amor tem várias formas".

Aproveitando o momento, os integrantes apontaram algumas características individuais que são mais marcantes para contribuir com o título de "grupo perfeito", como a liberdade de Shin, a voz sexy de SeYoung, a juventude de YongSeok e o carisma no palco de Casper. Takuya declarou ganhar nos pontos altura e estilo — "nisso eu não fico atrás" — e SangMin disse que, como "responsável pelo sorriso", sua expressão risonha é seu ponto mais forte.

Entre risadas, os meninos abriram no colo a bandeira do Brasil que ganharam do Fã-Clube oficial, como se fosse uma manta. A mensagem final para os fãs brasileiros foi em tom de agradecimento pela experiência inesquecível:

"A força que vocês nos passam do Brasil e da América do Sul chega até nós e é como se cada um de vocês fizessem o nosso futuro. Pedimos que continuem torcendo por nós! Obrigado. Nós amamos vocês."

CROSS GENE

CONEXÃO GUARULHOS-INCHEON: UM PASSEIO POR SEUL

E, SE OS IDOLS VÊM AO BRASIL, POR QUE A GENTE NÃO PODE IR ATÉ A COREIA DO SUL?

Planejar uma viagem para a Coreia do Sul não é difícil, apesar das muitas horas dentro de um avião (são, em média, 25 horas!). A primeira coisa que você precisa saber é o valor do won, a moeda sul-coreana, que tem uma cotação parecida com a do dólar americano. Para não pesar no bolso, é preciso estar preparado para as despesas e estipular um valor ideal para gastar a cada dia.

As passagens são caras, afinal é do outro lado mundo, mas dá para aproveitar promoções. A ida e a volta podem custar até 6 mil reais! Por isso, planejamento é importante. Uma dica para economizar é ficar em *hostels*, que são uma espécie de hotéis mais baratinhos com quartos e banheiros compartilhados. Uma dica essencial é pesquisar a localização do seu hotel ou hostel e escolher um que fique perto dos pontos turísticos que você quer conhecer. Assim fica mais fácil passear pela cidade e se locomover de um lugar para outro sem custos adicionais de transporte. As diárias ficam entre 60 e 160 reais.

Uma dúvida que muita gente tem é o quanto gastar com alimentação. Ainda mais quando se trata de uma culinária tão rica e saborosa quanto a sul-coreana, né? Uma refeição pode custar de 20 a 90 reais dependendo do que você pedir. O truque é comer algo mais em conta em alguns dias e se empanturrar de delícias mais caras em outros. No quesito compras, vale a pena pesquisar antes os preços via internet, pois algumas marcas possuem valores diferenciados on-line e nas lojas físicas, principalmente os cosméticos.

FAÇA DOS APLICATIVOS DE LOCALIZAÇÃO SEUS MELHORES AMIGOS!

> Recomendamos o Naver GPS, mas é em coreano. Se você sabe o básico de hangul (leitura e escrita), não terá problema algum para usá-lo. O Google Maps também ajuda bastante, mas parece incompleto em comparação ao primeiro. Se não está acostumado com a língua coreana, não tem problema, existem ótimos aplicativos em inglês com o mapa das linhas do metrô (Subway Korea) e dos ônibus (KakaoBus).

Natália Pak

O ideal seria passar pelo menos um mês no país. Acredite, é impossível ver tudo de Seul (e de outras cidades como Busan e Ilha de Jeju) em menos de 30 dias! Independentemente do local da sua estadia, ao norte de Seul (onde fica o centro da cidade) ou ao sul (onde fica Gangnam), as opções de lazer são infinitas e variadas. E chegar a qualquer extremo da capital sul-coreana é fácil e simples com o transporte público. O metrô e o ônibus são maravilhosos! Estão sempre no horário, são limpos e eficazes. Mas, como em qualquer outro país, evite os horários de pico, já que fica tão lotado quanto o trajeto Barra Funda–Corinthians-Itaquera, em São Paulo (supertenso!). E, atenção: fique alerta aos horários de circulação dos transportes, pois eles têm hora para parar de funcionar.

Outra opção são os táxis. Em alguns carros dá até para encontrar intérpretes via telefone que ajudam o turista a se comunicar com o motorista. Contudo, sempre vale aquela velha dica de viagem que é prestar atenção ao caminho, pois às vezes os taxistas podem ser desonestos e rodar pela cidade só para subir o taxímetro. Indicamos os táxis para casos de emergência, até porque o sistema de transporte público sul-coreano é de excelente qualidade.

▋▋ (Tchot Tcha) — primeiro horário de funcionamento dos transportes públicos.
▋▋ (Mak Tcha) — último horário de funcionamento dos transportes públicos.

DANDO UM ROLÊ EM SEUL

GWANGHWAMUN e GWANGHWAMUN PLAZA

GwangHwaMun é o portão de acesso ao GyeongBokGung, que foi o palácio mais importante da dinastia Joseon, e fazia parte da capital de Seul no século XIV. A visita ao portão é gratuita e aberta ao público, mas para conhecer o palácio por dentro é necessário comprar ingresso. Vale muito a pena, o lugar é maravilhoso! Uma vez que você entra, parece que não tem fim. É preciso reservar pelo menos uma manhã inteira para ver tudo e conhecer todos os detalhes desse palácio gigante. Uma das partes mais lindas é o lago repleto de peixes e, bem no meio, fica o luxuoso salão de festas do Rei. Como os peixes representavam a fertilidade das gerações futuras e sua sabedoria, era proibido pescar no lago.

A praça que fica em frente ao portão é chamada de GwangHwaMun Plaza e ficou conhecida como o lugar ideal para manifestações e encontros dos cidadãos sul-coreanos. Duas das mais importantes estátuas da cidade estão lá: a do rei Sejong, responsável pela criação do alfabeto coreano, e a do Almirante Yi Sun-Shin, famoso pelas vitórias contra a marinha japonesa durante a Guerra de Imjin.

MIGA, SUA LOUCA!

A Natália Pak, uma das autoras deste livro, desistiu de visitar uma tia que morava perto da GwangHwaMun Plaza para tirar uma soneguinha em seu hotel e mais tarde descobriu que o SiWon, do Super Junior, estava fazendo policiamento na praça naquele dia! Tem como não morrer com isso?

BUKCHON: A VILA DE HANOKS

As Hanok Maul são as tradicionais vilas coreanas da época da dinastia Joseon, que têm uma arquitetura única e ancestral. Atualmente, a maioria das casas funciona como pensões ou pousadas, centro culturais ou casas de chá. Nessas vilas, assim como nos principais pontos turísticos históricos, é possível encontrar pessoas vestindo hanbok (a roupa tradicional coreana), desfrutando do cenário e das delícias da culinária. O passeio é uma verdadeira imersão cultural na época dos reis! Há muitas lojinhas por lá também, apesar de caras.

Muitos coreanos ainda vivem nas vilas, então fazer silêncio ao passear pelas ruas menos movimentadas é de extrema importância. Alguns lugares até possuem sinalizações para não fazer barulho. Respeito é tudo, né?

O MAJESTOSO RIO HAN

O Han é o rio mais importante da Coreia do Sul e é cortado por várias pontes que ligam diversos pontos da cidade. É lá que fica o Parque de Hangang, lugar ideal para um passeio com a família, com os amigos e para namorar. Muitas *ajhumas* (mulheres mais velhas) distribuem panfletos de propaganda de restaurantes na entrada. Então, se bateu aquela fome, é só ligar e pedir uma caixinha de frango com

cerveja, o famoso CHIMEK (치맥), que elas entregam onde quer que o turista esteja no parque. É a refeição ideal para aproveitar o fim de tarde e assistir ao pôr do sol. Se estiver frio, não se preocupe, pois, na entrada principal do parque, existem barracas de aluguel de cobertores térmicos. O rio é muito extenso e opções de lazer é o que não falta, como passeios de barcos, restaurantes, pontes e outros parques. Vale a pena tirar um dia só para caminhar pelas margens do rio e ver até onde consegue ir.

SEUL VISTA DE CIMA

A vista de Seul é de tirar o fôlego! Existem vários lugares de onde dá para ver a cidade toda, mas o mais famoso é a Torre de Namsan. Para subir a montanha, dá para ir de ônibus ou bondinho, também é possível ir a pé, mas se você não está acostumado a fazer trilhas pode ser um passeio exaustivo. A entrada é paga, mas dá para ter uma vista de 360° de Seul. O restaurante no último andar é giratório e você pode curtir um bom jantar com vista para a cidade inteira.

O 69 Building também é uma ótima opção para visitar. Além de avistar a cidade, dele se tem uma visão maravilhosa do Rio Han! No mesmo prédio fica o Aquário Coex. Hoje, o maior prédio da Coreia do Sul é a Lotte World Tower com 123 andares; o 69 Building é o quarto, com 60 andares.

DUAS COREIAS

A famosa Zona Desmilitarizada da Coreia, DMZ (*The Demilitarized Zone*), é uma faixa de terra de 250 quilômetros que divide a Coreia do Norte e a do Sul, além de ser megatensa! Na fronteira ficam os quatro túneis de infiltrações, criados e usados durante a Guerra da Coreia (nos anos 1950), os observatórios, que permitem observar a Coreia do Norte por telescópios, estações de trens inativas e a *Panmunjeom* (área de Segurança Conjunta). O passeio é bem cultural, mas não vá sozinho. Recomenda-se procurar uma agência de turismo para esse passeio, até porque existem regras para a visitação e em excursão é bem mais fácil e nada pode dar errado.

A revista para entrar no Observatório de Ganghwa é tranquila, só é necessário apresentar o passaporte. O observatório tem uma vista 360°, ou seja, é possível "sentir" o silêncio da Coreia do Norte de um lado e, do outro, uma Coreia do Sul movimentada e repleta de prédios e casas. Dá vontade de ficar o dia inteiro observando a paisagem pelos grandes telescópios de longo alcance e tentar encontrar algum norte-coreano à vista. Mas só dá para ver casas abandonadas e mato.

Em Panmunjeom, a experiência é mais emocionante e eletrizante, além de dar muito medo. A área de Segurança Conjunta é onde se encontram frente a frente casas azuis e brancas dos exércitos coreanos do norte e do sul. É exatamente neste lugar que ocorrem as reuniões dos líderes militares dos dois países. Se você pensa em ir sozinho ou com poucos amigos, esqueça! A entrada nesta zona é somente para grupos turísticos com autorização prévia das autoridades, ou para agências de turismo que já tenham autorização para a visitação. Perto da entrada, soldados sul-coreanos treinados fazem a inspeção no ônibus da excursão e olham para cada um dos passageiros! Um deles fica no transporte e acompanha os turistas até a entrada oficial da Área de Segurança Conjunta, explicando o que podem ou não fazer uma vez que entrarem em Panmunjeom.

O passeio é bem histórico e cultural, o visitante assiste a vídeos e slides sobre a Zona Desmilitarizada, e mais uma vez é lembrado de que há regras a serem cumpridas no local. Cada um recebe um crachá que não pode ser retirado durante toda a visita. Muitos civis já se encrencaram por achar que as regras impostas pela armada coreana não passavam de exagero ou leves ameaças. Então, respeite a conduta do local para não levar bronca nem ser expulso. Sacou a câmera em local proibido mesmo que por dois segundos? O soldado vai gritar horrores e pode fazer a pessoa esperar no ônibus até o passeio acabar. Para entrar na Área de Segurança Conjunta é necessário ouvir as regras e andar em fila única. Você terá seus momentos em locais onde é permitido tirar fotos, mas jamais ultrapasse as linhas delimitadas. Se há algum degrau indicado que não pode pisar, NÃO PISE!

Fica a dica também de que, por mais que esteja calor, é proibido o uso de qualquer roupa curta ou com rasgos e buracos, chinelos, sandálias ou qualquer calçado que mostre os dedos do pé. E, uma vez dentro da "casa azul e branca", jamais, em hipótese alguma, toque nos objetos da sala nem fale com os soldados. Eles vão dar ordem de prisão na hora! Quando eles disserem que seu tempo para fotos e a visita acabou, acabou. Não adianta argumentar. Tenso e rígido, mas vale muito a pena!

COMPRAS: NAMDAEMUN, DONGDAEMUN E MYEONGDONG

Para fazer compras, estes são os locais mais recomendados. Principalmente se o seu negócio for roupas! NamDaeMun funciona como um gigante mercadão de roupas, acessórios, mochilas e comidinhas. Se você é uma pessoa que se perde fácil, é melhor ir munido de mapas, informações e GPS. Mas tome cuidado com as *ajhumas*

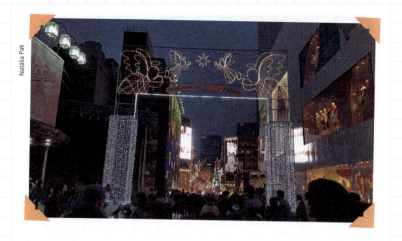

e *ajhoshis* que aumentam o preço dos produtos! Visite e pesquise os preços antes de sair comprando tudo o que vê pela frente. É recomendável comprar em lojas que já possuem placas ou preços à mostra, e pedir um descontinho com muito aegyo: "까까주세요~" (kakajuseyo).

Em DongDaeMun você encontra réplicas bem-feitas e baratas de peças de marca. Lojas de departamentos grandes com marcas originais também estão por lá, se você estiver em condições de ostentar um pouquinho mais, não deixe de visitar o Lotte e o Shinsegae.

E não dá para falar de Seul sem falar de MyeongDong! Tem praticamente de tudo por lá, desde lojas de roupas, conveniências, cosméticos, cafés, restaurantes, lanchonetes fast-foods, shopping, até cinema, teatro etc. No final do dia, começam as feirinhas de comidinhas de rua, uma mais deliciosa que a outra. É um passeio imperdível!

> Procure comprar produtos que possuem os preços à vista. Se não tiver o valor anunciado, pode ser que o atendente da loja cobre mais caro do que o normal quando o turista perguntar o preço.

COMER: A MELHOR COISA DO MUNDO!

Aqui vão três dicas maravilhosas de lugares para comer com bom custo-benefício. Para quem gosta de um delicioso churrasco, a rede Ong To Ri Seng Gogui é a pedida certa. Em MyeongDong, tem uma filial que fica em uma das ruazinhas ligadas à avenida principal. Este restaurante é do tipo *muryo refil*, isto é, coma à vontade (na verdade, depois da quinta porção é preciso pagar um precinho a mais). De acordo com a tradição coreana, a carne é servida crua e o próprio cliente a prepara à mesa. Aproveite o churrasco de panceta de porco, o famoso samgyeopsal e moksal (parte do pescoço)! Os acompanhamentos também são excelentes, como a sopa de dwengjang (é levemente apimentada!) e os vegetais (alface, alho, repolho, cebolinha desfiada com pimenta, kimchi), que você pode repetir quantas vezes quiser. Já o gongi bap, que é o arroz, é cobrado na primeira rodada e depois é à vontade. Mas cuidado para não exagerar, hein?! Se sobrar comida, o cliente paga multa!

Outra recomendação é o TTUKKAM, um restaurante que há muito tempo está em GwangHwaMun. O local é especializado na sopa gamjha tang, que em tradução literal seria

"sopa de batata". Tem batata, é claro, mas também leva costela mergulhada num caldo maravilhoso, porém apimentado! Geralmente, essa sopa é servida em uma panela grande para pelo menos quatro pessoas. Para quem vai sozinho ou em dupla, a dica é pedir a porção individual, e o preço, que pode variar por temporada, vale a pena. Eles servem também no tamanho família, além de oferecerem samgyeopsal, a famosa panceta de porco.

A terceira dica é a SMT Seoul, o restaurante da SM Entertainment. O lugar é lindo e a comida, deliciosa e com um preço justo. O combinado de sopa, arroz, salada e peixe sai por uns 30 dólares americanos. Além da boa comida, o visitante terá a chance de respirar o mesmo ar que TVXQ, BoA, EXO, SNSD e os outros grupos que já estiveram por lá. Existem dias temáticos com música, como

jazz, e festivais de hambúrgueres, cerveja ou coquetéis. Dos cinco andares, quatro (do segundo ao quinto) são reservados para festas (muitas comemorações dos artistas da agência ocorrem lá) ou jantares privados. Algumas salas são equipadas com cozinha privada onde um chef particular prepara os pratos na hora e serve os convidados. Algumas salas possuem decorações diferentes, como a que imita um estúdio de gravação, e a cobertura tem uma área aberta com sofás e almofadas que têm o rosto dos idols na estampa. O térreo é cheio de detalhes e nomes de artistas, com várias garrafas de vinho e champagne autografadas.

São poucos os restaurantes que decepcionam em Seul. Parece exagero, mas é a mais pura verdade! Até a comida das lojas de conveniência são deliciosas e fazem bem para o bolso também! Aposte nos restaurantes que estiverem cheios e com filas na porta. Você terá que esperar um pouco? Sim! Mas vai valer a pena, pois geralmente são lugares muito bons e com um valor honesto pelo prato.

BALADINHA MAIS QUE TOP

A vida noturna de Seul é bem parecida com a das grandes cidades, como São Paulo e Nova York. Os bares e restaurantes funcionam até tarde da noite e as baladas lotam nos finais de semana. Quem gosta de curtir uma noitada não pode deixar de ir para Itaewon, Gangnam e Hongdae, os três principais distritos com a vida noturna mais agitada da Coreia do Sul, cheia de gente animada.

Natália Pak

Para os mais tranquilos que gostam de sentar e aproveitar o momento, um barzinho é a melhor saída. Ainda mais para experimentar as bebidas coreanas, como o soju (espécie de vodka coreana feita à base de arroz ou batata-doce) e o so mek (uma famosa mistura de soju com cerveja coreana), e bater papo com os amigos. Os solteiros também podem aproveitar a noite em festas e baladas próprias para quem não está comprometido: "entra como um, sai como dois", é o lema deles.

Os bairros universitários, como Sinchon, também oferecem uma vida noturna divertida e com muitos jovens. Hongdae é palco para os *buskings* (performances de rua), e muitos idols já passaram por lá para se promover antes da fama e de debutarem em grupos. Esteja preparado, tem dias que mal dá para andar nas ruas desses bairros de tão lotadas que ficam! Mas é imperdível!

K-STAR ROAD: A MELHOR RUA DE TODAS!

Agora vamos falar do que interessa? A famosa K-Star Road! Não tem como visitar Seul e não dar uma passada (ou duas ou três!) por lá. Na famosa área de Gangnam, a avenida conta com lojas, restaurantes, coffee shops e salões de beleza que são frequentados pelos idols! Além de servir de cenário para diversos filmes e dramas sul-coreanos. É um dos pontos turísticos que você não pode deixar de visitar! Pegando a saída 2 da estação de metrô Apgujeong Rodeo, já é possível dar de cara com os primeiros *Gangnam-dol*, que são estátuas de ursos estilizadas em homenagem a cada um dos grupos de K-Pop e que enfeitam a longa descida. O urso do BTS é o único com o autógrafo dos meninos! Um sonho encostar onde os astros já estiveram, né? Tire muitas fotos!

Essa rua principal também é a entrada de visita das diversas agências de entretenimento sul-coreanas, como a SM Entertainment, JYP, FNC e A-team. Não tem nem como se perder por lá, já que ao longo do caminho dos *Gangnam-dols* existem placas com mapas das agências. A K-Star Road está repleta de galerias e lojas gigantes de marcas internacionais, e também conta com outras agências pequenas de entretenimento.

VAI UM CAFEZINHO AÍ?

Na boa? O café coreano não é muito gostoso, e pode parecer água açucarada com gosto de tabaco. Mas o famoso Ice Americano, bebida que os artistas tanto pedem nas novelas e programas sul-coreanos, é viciante! Se tiver frio, as bebidas quentes como os Lattes e Mocchas de batata-doce ou chá-verde são uma delícia.

Quem é fã de K-Pop sabe que alguns idols possuem um lado empreendedor e muitos abrem restaurantes ou coffee shops, que são administrados pela família. Recomendamos o Dudart — que é do presidente da agência AOMG, Jay Park —, o Coffee Shop da RBW e o Cofioca. Este último não pertence a ninguém famoso, mas a dona é uma senhora bastante

conhecida entre os idols! O lugar é minúsculo, se você estiver com mais duas pessoas já fica apertado, pois só cabem umas seis pessoas sentadas, além da fila para comprar as bebidas. Mas a dona é um amor de pessoa e está sempre disposta a conhecer os clientes e contar sua história. E, se você ama K-Pop, vai ficar doido com as paredes, janelas e os móveis forrados de autógrafos de MUITOS idols! É superlegal ficar procurando a assinatura do seu bias. E, se você estiver em um dia de sorte, talvez dê de cara com algum astro por lá tomando um cafezinho.

AÇÚCAR, ADOÇANTE OU UM GATO?

Pode parecer estranho para muitos, mas a ideia é genial. Os cafés que têm animais circulando livremente pelo ambiente já viraram febre na Coreia do Sul, e é muito divertido dividir o seu tempo entre as guloseimas e brincar com cachorros ou gatos. Existem estabelecimentos em que é possível encontrar até ovelhas e guaxinins!

Em geral, a entrada é paga e o valor fica em torno de seis a oito dólares, com direito a uma bebida da escolha do cliente. Normalmente, também há algum tipo de cartaz informando quais animais são mais mansos, mais bravos, brincalhões ou preguiçosos. Cuidado com os mais atiçadinhos, hein! A experiência é incrível. Uma boa dica é aproveitar o café e esperar que os bichinhos se aproximem de você, ou aproveitar quando o dono passa pelas mesas com petiscos. Fica mais fácil ainda de interagir com os pets e dar muito carinho!

A CIDADE DA SM

A agência SM Entertainment possui um espaço cultural repleto de atividades e coisas diferentes. Quem é fã do SHINee, EXO, TVXQ, SNSD, f(x), NCT e outros grupos, vai ficar deslumbrado com a SM TOWN COEX ARTIUM! É uma espécie de museu interativo, com lojas e produtos oficiais dos artistas da SM Entertainment. Lá também funciona a SM Studio, onde você pode ter a experiência de ser idol por um dia, com aulas de coreografia (como "Dancing King", do EXO com MC YOO). Esse programa tem duração até dezembro de 2017 e é apenas para estrangeiros. A participação é gratuita, mas é necessário preencher uma aplicação pelo site de turismo de Seul.

Já a visita e a experiência de como ser um idol, participando de aulas vocais, ensaio fotográfico e visita a cenários de videoclipes estão disponíveis no site da SM TOWN. A consulta de programação, reserva e horários é feita por telefone. Dizem que os artistas da SM às vezes passeiam por lá e usam os estúdios da agência. Quem sabe em uma dessas experiências você não encontra o seu bias do EXO?

Natália Pak

O MUNDO DA MBC

A emissora de televisão MBC possui um parque temático, o MBC World, que fica dentro do prédio onde rolam as gravações de programas e novelas. O local é totalmente interativo, cheio de atrações tecnológicas e divertidas. Uma das melhores fica no térreo e permite que o visitante tire fotos como se estivesse nos programas de televisão com os artistas! Parece realmente que você encontrou os idols ao vivo! Além das cabines de fotos, há shows de hologramas com o BIGBANG! O negócio é tão que real é preciso se controlar para não pular no palco e agarrar os astros. ■

A Naty enganou muita gente com esta foto com o G-Dragon!

Kevin Woo, Park Ji-Min e Jae Park, do After School Club. A Naty foi a uma gravação do programa na Coreia do Sul e adorou conhecer os idols!

Natália Pak

DRAMAS COREANOS E POR QUE SOMOS NOVELEIRAS DE CARTEIRINHA

Os dramas coreanos são as novelas da Coreia do Sul e elas possuem um formato diferente das séries e das telenovelas ocidentais. Este estilo televisivo também pode ser chamado de K-drama ou dorama (no hangul 한국드라마). Os dramas normalmente têm um formato de 12 a 24 episódios, com duração de pouco mais de uma hora, e fazem o maior sucesso, além de ditarem tendências de moda e comportamento na Coreia do Sul.

Existe também os minidramas, que se popularizaram por conta dos *webtoons* e dos muitos compartilhamentos na internet (webdramas) e em redes sociais. Por terem um formato menor, com cerca de dez episódios de 15 a 30 minutos cada, os minidramas têm aquele tamanho perfeito para assistir no ônibus ou antes de dormir — embora, a gente sabe, é um feito complicado assistir somente a um episódio por vez! A gente faz logo é maratona.

> "Dorama" é a denominação japonesa para o termo "drama". Na Coreia do Sul, a expressão correta é "drama" mesmo, ou "K-drama".

Os K-dramas normalmente são gravados com uma agenda bem apertada e muitos roteiros são modificados e filmados apenas algumas horas antes de serem exibidos na televisão, algo muito parecido com as novelas brasileiras.

É comum os diretores dos dramas serem fixos, mas os roteiristas mudarem durante a história, o que pode acarretar mudanças bruscas em alguns personagens ou na linha do tempo dos acontecimentos. Isso acontece quando as companhias de televisão sofrem com problemas financeiros se o drama não alcança uma grande audiência ou não fica famoso o suficiente perante o público. O mercado dos dramas é tão concorrido quanto o do K-Pop, acreditem! São várias novelas e atores disputando os horários nobres em vários canais diferentes!

CURIOSIDADE

Em 2012, dos 156 registrados, somente 34 dramas produzidos foram realmente para a televisão. Isso que é concorrência!

Os dramas são populares em todo o mundo, principalmente por conta da Hallyu, que espalhou os costumes e a cultura da Coreia do Sul mundo afora. No Peru, por exemplo, os dramas são tão populares que fazem parte da programação regular da televisão, assim como aqui no Brasil nós tivemos a invasão (maravilhosa!) das novelas mexicanas. Esse é, inclusive, um dos motivos pelos quais os nossos amigos peruanos receberem mais shows de K-Pop do que a gente — a cultura coreana já está embrenhada no cotidiano deles.

A história dos dramas é bem bacana e interessante. Começou lá em 1927, quando a Coreia do Sul estava sob o domínio do Japão e os dramas eram transmitidos nas rádios. Só em 1956 eles começaram a ser televisionados, com o lançamento de uma estação experimental chamada HLKZ-TV, que fechou anos depois. A primeira TV nacional foi a Korean Broadcasting System (KBS), inaugurada em 1961, embora o primeiro filme televisionado, *The Gate of Heaven* (천국의 문, Cheongugui mun), tenha passado lá na antiga HLKZ-TV. Mas nessa época, até os anos 1970, os dramas eram limitados porque não alcançavam uma grande audiência.

Em meados de 1970, os dramas se espalharam pelo país e começaram a ser produzidas séries contemporâneas e com assuntos que falavam mais com a população, pois até então eles tinham somente personagens históricos e dramáticos. Como a tecnologia ainda não era muito avançada, os canais sul-coreanos não tinham recursos para produzir gêneros como ação ou ficção científica, que importavam de outros países como os Estados Unidos. Entretanto, na década de 1980 a Coreia do Sul passou por uma reviravolta na televisão, quando a cor finalmente chegou às telas e aos dramas — e à vida das pessoas. Nessa época, todos se juntavam ao redor das televisões, nas casas e nas ruas, para assistir a episódios de dramas famosos, como o primeiro grande histórico, chamado *500 Years of Joseon* (em hangul, 조선왕조500년), que durou oito anos e possui 11 séries separadas. Este drama foi produzido por Lee ByungHoon que, anos depois, em 2013, dirigiu o famoso *Dae Jang Geum* (conhecido como *A Jewel in the Palace*).

> Um drama sul-coreano pode custar mais ou menos 540 mil reais por episódio, e os dramas históricos ainda muito mais. Por exemplo, Gu Family Book custou mais de um milhão de reais por episódio! O produtor Kim JongHak gastou mais de dois bilhões de reais no drama Faith, que acabou sendo um fracasso de audiência. Infelizmente, ele cometeu suicídio depois de ser acusado de cometer fraude.

Os anos 1990 trouxeram a Seoul Broadcasting System (SBS) e a formação das "quatro grandes" emissoras (acharam que só o K-Pop teria isso?): a KBS, MBC, SBS e tvN, além do drama *Sandglass* (1995), que mudou a forma como as novelas eram feitas.

Dos anos 2000 para cá, os dramas coreanos ficaram muito famosos, também pelo maior envolvimento do governo sul-coreano, que apoiou a ampliação da Hallyu. Em 2002, por exemplo, tivemos um dos mais populares na história dos dramas, o *Winter Sonata*, que foi transmitido pela KBS2. O enredo não só elevou a categoria das novelas românticas, como ditou moda e tendência na Coreia do Sul por anos, consagrando o ator Bae YongJoon. Esse drama foi o que deslanchou a famosa onda coreana pela Ásia e pelo mundo. Foi nessa época que os idols de K-Pop começaram a participar dos dramas, e vários deles se tornaram atores bem-sucedidos.

As OSTs (*Original Soundtrack*, isto é, trilhas sonoras) também são parte fundamental dos dramas e fazem um sucesso superespecial! Normalmente são cantadas por idols do momento ou pelos próprios atores — o que deixa a trilha sonora com mais personalidade. Se você estiver assistindo a um drama, vale a pena ouvir a OST, pois as músicas vão te lembrar de todas as cenas e te fazer sonhar acordado com os personagens. Algumas das mais famosas são:

- ▶ "Paradise" (drama *Boys Over Flowers*)
- ▶ "Dream High" (drama *Dream High*)
- ▶ "Back In Time" (drama *Moon that Embraces the Sun*)
- ▶ "Reset" (drama *School 2015*)
- ▶ "Hyehwadong" (drama *Reply 1988*)
- ▶ "Touch Love" (drama *Master's Sun*)
- ▶ "White Love Story" (drama *Coffee Prince*)

Aqui no Brasil os dramas coreanos ainda não se estabeleceram, embora estejam engatinhando. O Centro Cultural

Coreano de São Paulo organizou um projeto de popularização e dublagem das novelas em 2015, *Happy Ending* foi transmitido na Rede Brasil e canais como a Globosat já transmitiram filmes coreanos de madrugada, como *IRIS*, por exemplo. Mas a gente sabe que é só o começo!

> A atriz Jun JiHyun, conhecida por My Love From Another Star, foi indicada como uma das atrizes mais bem pagas da Coreia do Sul. Durante a exibição do drama, ela recebia 90 mil dólares por episódio! Aparentemente, até a Park Shin Hye ganha menos do que ela!

> O DramaFever é um dos portais mais conhecidos do mundo que disponibiliza dramas de forma legal e com legendas em português. Os episódios entram no catálogo em até 24 horas após a exibição na Coreia do Sul. O conteúdo é extenso e oferece dramas dos mais antigos até os lançamentos, tudo separado por gênero e tema. O sistema do site é simples, com K-dramas grátis, assim como os pagos por assinatura. Mas o melhor de tudo é: você sabe que se trata de uma fonte confiável, que os artistas estão sendo remunerados e valorizados no mercado. Vale a pena dar uma olhada!

E por que os dramas coreanos são tão populares fora da Coreia do Sul? É bem simples: além de nos conectar a outra cultura totalmente diferente da nossa, os dramas dialogam com problemas comuns a todos nós, afinal quem nunca enfrentou desafios amorosos ou passou por dificuldades na profissão? Além disso, as tramas criam tendências e se tornam vício instantâneo! Quem nunca pensou em comer ramen (o famoso miojo) direto da panela depois de assistir aos personagens fazendo isso? Ou quem nunca teve vontade de beber soju com os amigos depois de um dia cansativo de trabalho só para ter o gostinho de fazer parte dos dramas que a gente tanto gosta? Os enredos podem parecer clichês com seus romances puros (ou totalmente vingativos), mas, se você passar pela estranheza inicial da abordagem e da língua diferente, verá que não tem como não querer assistir a pelo menos mais um episódio. A gente te desafia!

K-DRAMAS QUE PRECISAM ESTAR NA SUA LISTA

Anote aí as nossas dicas para se aventurar no mundo dos dramas coreanos: *Winter Sonata, Goong, Coffee Prince, Secret Garden, Full House, My Love From Another Star, Boys Over Flowers, Playful Kiss, Personal Taste, The Moon That Embraces The Sun, Heartstrings, Healer, Rooftop Prince, The Heirs, Scarlet Heart: Ryeo, City Hunter, Descendants of the Sun, Reply 1988* (ou a série inteira), *School 2015, Master's Sun, Goblin, Cheese in the Trap, Emergency Couple* e *The K2*.

Se estiver procurando dramas com idols de K-Pop na atuação, temos algumas dicas infalíveis:

DREAM HIGH — Seis estudantes da Kirin High School of Art, uma escola de performances artísticas, dividem um único sonho: desenvolver seus talentos e se tornarem grandes astros da indústria do entretenimento. De 2012, estrelado por Bae Suzy (MissA), TaecYeon (2PM), IU, WooYoung (2PM), Eunjung (T-ara) e Kim SooHyun.

YOU'RE BEAUTIFUL — Os integrantes da banda ANJell precisam lidar com o fato de que uma garota entrou no grupo, disfarçada de seu irmão gêmeo. De 2009, estrelado por Park Shin Hye, Jang Geun Suk, Lee HongKi (FT Island) e Jung YongHwa (CN Blue).

DREAM KNIGHT — O mundo de uma fã é virado de cabeça para baixo com as palhaçadas mágicas e divertidas de sete cavaleiros dos sonhos, que ganham vida a partir de amuletos. Minidrama, de 2015, estrelado por Song HaYoon, os idols do GOT7 (JB, Jr., Jackson Wang, Mark, Choi YoungJae, Bam Bam e Kim YuGyeom), Min (Miss A) e Park JinYoung.

REPLY/ANSWER ME 1997 — No auge no K-Pop em 1997, seis adolescentes vivem seus primeiros amores e enfrentam seus primeiros desafios na vida. De 2012, estrelado por Jung Eun-ji (A-Pink), Seo InGuk, Hoya (INFINITE), Shin SoYul, Eun Ji Won (Sechs Kies, primeira geração de idols) e Lee SiEon. (ALERTA DE FAVORITO, HEIN?)

HWARANG — Um drama baseado na história real dos guerreiros Hwarang, que mudariam o destino de toda uma dinastia. De 2016, estrelando Park Hyung Sik (ZE:A), MinHo (SHINee), Kim TaeHyung (BTS) e muitos outros. ■

FATOS ENGRAÇADOS E CURIOSOS SOBRE K-POP: SEGURA ESSA MARIMBA

Em 2009, as meninas do Wonder Girls foram as primeiras artistas de K-Pop a se apresentar no horário nobre da TV norte-americana, com uma aparição especial no programa *So You Think You Can Dance*, do canal FOX.

Em 2010, A SM Entertainment promoveu o primeiro show fora da Ásia, no famoso Staples Center em Los Angeles (EUA), arrecadando mais de um milhão de dólares em solo norte-americano.

Em 2011, o BIGBANG ganhou o prêmio de Melhor Performance Internacional no MTV EMA.

O ano de 2012 foi importantíssimo para a Hallyu: mesmo não sendo considerado idol, o rapper PSY viralizou a música "Gangnam Style" e o clipe se tornou o mais visto do YouTube e o primeiro a alcançar a marca de um bilhão de visualizações, além de ganhar o troféu de Melhor Clipe do MTV EMA.

Em 2013, a Super Show 5 Tour do grupo Super Junior passou por Buenos Aires, São Paulo, Santiago e Lima, tornando-se a maior turnê de K-Pop na América Latina.

Em 2013, o grupo TVXQ reuniu 140 mil fãs em dois shows realizados no Nissan Stadium, no Japão, tornando-se o primeiro artista estrangeiro a se apresentar no local.

O título de "Clipe do Ano" de 2013 do YouTube Music Awards, premiação do próprio YouTube, foi para as meninas do Girls' Generation, com a música "I Got A Boy".

O álbum *Crush* do 2NE1 foi o único CD de artistas asiáticos listado entre os 20 melhores de 2014 pela revista Rolling Stones, além de ser o primeiro álbum de K-Pop a entrar nas paradas de fim de ano da Billboard, na 11ª posição.

Entre 2015 e 2016, a turnê MADE reuniu 1,5 milhões de fãs pelo mundo, colocando o BIGBANG no topo da lista de maiores turnês de artistas de K-Pop.

O BTS bateu inúmeros recordes entre 2015 e 2016: primeiro lugar no ranking de álbuns internacionais da Billboard e TOP10 por 11 semanas; álbum de K-Pop mais vendido, listado na Billboard 200 por mais de uma semana.

No início de 2017, o EXO se tornou o primeiro grupo de K-Pop a ganhar o Grande Troféu das maiores premiações asiáticas (MAMA, Golden Disk e Seoul Music Awards) por quatro anos seguidos.

O WooYoung realmente queria se juntar à JYP Entertainment! Com isso na cabeça, ele fez audição por uma vaga no grupo... Wonder Girls! Isso mesmo. A equipe do casting ficou chocada, mas parece que ele fez um bom trabalho porque logo foi aceito para ser *trainee* da empresa, debutando depois no 2PM.

O DuJun na verdade, foi *trainee* na JYP Entertainment por muitos anos. Ele entrou na companhia ao ficar em terceiro lugar na audição de que participou em um reality show para se juntar ao 2PM. No fim, ele foi eliminado, mas imediatamente admitido na agência Cube, juntando-se ao BEAST.

Inspirada pelo girlgroup S.E.S, Yoona decidiu ser cantora e, assim como Jessica, seu período de *trainee* na SM foi de sete anos, debutando em 2007 com o Girls' Generation.

Para quem chegou agora no K-Pop, o K.A.R.D não foi o primeiro grupo misto do cenário coreano! Existem outros nomes como Roo'ra, Koyote, 8Eight, Cherry Filter, B2Y, Co-ED School e We. Vale a pena pesquisar!

Se você é fã de animes japoneses, provavelmente já teve contato com o K-Pop sem saber! Isso porque muitos temas de abertura e encerramento são cantados pelos idols! Só alguns exemplos, "Every Heart" da BoA (encerramento de *InuYasha*, em 2002), "Houki Boshi" da Younha (encerramento de *Bleach*, em 2005), "Asu Wa Kuru Kara" do TVXQ (encerramento de *One Piece*, em 2006).

Mas K-Pop é só de música pop mesmo? Não necessariamente! Como a gente já falou no começo do livro, o K-Pop é uma mistura de vários ritmos que se tornam populares na Coreia. Além de K-Pop, no meio da indústria musical sul-coreana a gente também pode ter K-Rock (procure por bandas como CNBLUE, Day6, South Club do Taehyun, FTIsland e Busker Busker) e K-Hiphop (procure Dok2, Jay Park, LOCO, Dean, Zico, Jessi e muito mais!), pra começar. ∎

CRÔNICA DA BABI:
"MANUAL DA CONQUISTA" DE ACORDO COM O CROSS GENE

Quando a gente trabalha no backstage de shows ou na produção de eventos, acaba vendo muitas coisas diferentes — e até coisas que você não esperava ou não queria presenciar. Ossos do ofício. Mas ao trabalhar em shows de idols coreanos a gente se depara com algumas regras e acontecimentos bem parecidos, que é preciso entender e seguir. Por exemplo: nada de foto ou filmagem dos astros sem maquiagem; eles não comem coisas pesadas antes dos shows; você não oferece ajuda, espera que eles peçam o que precisarem; se eles perguntarem a tradução de frases em português, de maneira nenhuma ensine palavrões (e sobre a última parte, a gente realmente tenta, eu juro!). Mas o CROSS GENE, por exemplo, já chegou aqui com uma lista de traduções e expressões que eles, pasmem, tinham procurado na internet e com conhecidos que entendiam português. Ou seja: foi uma novidade para a gente também. Mas quem imagina que a lista tinha os bons e velhos "eu te amo", "bom dia" e frases parecidas está redondamente enganado. Era a lista mais estranha do mundo e eu chuto dizer que, se publicada, seria um manual muito peculiar de conquista. Muito peculiar mesmo.

ATENÇÃO

> Os grupos normalmente se sentem confortáveis com a produção para testar o novo vocabulário antes do show. Perguntam como falam isso ou aquilo em português, fazem anotações e testam palavras. É normal e NÃO significa que estão sendo intrometidos.

1 — Testando o "você é bonita"

Tudo começou com o início do primeiro dia do evento Anime Friends 2015, em São Paulo, antes do show deles. O local ainda estava vazio, pois não havia sido aberto ao público, e dois dos meninos decidiram passear pelo evento, só para dar uma olhada no que estava acontecendo — e testar seu novo vocabulário, ainda desconhecido pela produção. Shin, o líder do grupo na época, e Cabelo de Abacaxi (apelido que pegou no backstage para o SeYoung, por causa da faixa que ele usou na cabeça durante o ensaio, que deixava os fios todos para cima, como a coroa de um abacaxi) passeavam de um lado para o outro, e eu acabei seguindo os dois, já que a produção não podia deixar de ficar de olho neles por um segundo sequer. Fiquei distante, só observando eles indo e voltando. Eu estava ali de canto, como qualquer trabalhadora braçal de produção de shows. Daí eles passaram, me olharam e um deles disse baixinho: "você é bonita" e riram como adolescentes no intervalo da aula. Sem brincadeira, eu me senti com 15 anos de novo e eles pareciam se divertir com isso. Fiquei encarando sem saber o que tinha acontecido e percebi que os idols estavam testando o aprendizado da língua primeiro com a produção. Eu ri e devolvi um "muito bom" e eles pareceram bem felizes. Até o fim do show, eles tinham repetido isso para todas as garotas que passaram por eles já que viram que não faria nenhum mal. De nada.

2 — "Você é minha namorada"

Logo depois, chegando na porta do camarim, o líder Shin me parou (com o Cabelo de Abacaxi ao lado, seu fiel escudeiro, e o resto da produção do outro) e disse "você é minha namorada". Amigo, se seu manual da conquista já começa desse jeito, vamos rever alguns pontos! Como a resposta não poderia ser outra, eu mandei um "não". Ele ficou meio confuso e eu tive que explicar o que "namorada" significava

em português e que "girl friend" seria melhor usado como "amiga" por aqui. Simples confusão de tradução. Ele ficou curioso e pensativo, mas concordou e agradeceu. Era só o que me faltava, né? Imagina ele chamando todo mundo de namorada por aí e... ah ok, desculpa, gente. Pensando bem, ia ser bem divertido.

3 — "Você roubou meu coração"

Pelo andamento desse manual, vocês já podem perceber que eles pesquisaram frases bem melosas e de conquista mesmo. Não tem outra explicação. Em algum momento nos bastidores, a Érica Imenes, que também estava na produção comigo, parou em frente ao camarim para recolher autógrafos e dar avisos importantes (a produção entrega água, corre com material, faz o que pedem e ainda precisa ter muita paciência) e foi quando Casper, o maroto que mudou a coreografia de "Amazing" para sempre (quem estava no showcase sabe do que eu estou falando), aproveitou a porta aberta para gritar lá de dentro "você roubou meu coração". Na verdade, o que a gente ouviu foi mais um "vosse-robo-meu-corassao", mas dava para entender o esforço do idol. A Érica ficou parada por um momento, tentando compreender o que estava acontecendo, enquanto Casper ria, crente que era uma frase certeira. Tadinho. Ela respondeu um "quer de volta?" e eu só não pude rir porque seria falta de educação. Foi sensacional. Casper fez com as mãos um gesto de quem pegava um beijo enviado pelo ar (aquelas cenas bem bregas) e cara de sofrimento. Daí a porta do camarim se fechou e o nosso trabalho continuou. Depois, ele tentou falar a frase novamente durante o show, mas ninguém entendeu porque ele disse as palavras meio fora de ordem. Se você entendeu, sinta-se sortuda(o). Não foi nada fácil para o astro chinês pronunciar isso.

4 — Digdin "Sou f*d@"

O problema de quando os idols já vêm com o vocabulário traduzido ou pronto é que alguns erros de tradução podem ocorrer, como já vimos. Mas o pior é quando o provável amigo brasileiro, que passou o vocabulário para eles, ensina palavras de baixo calão e você não tem muito o que fazer a respeito. Antes do show, estávamos perto do camarim e ouvimos lá de dentro, algumas vezes e dito com bastante orgulho um "sou f*d@". No momento — e eu me lembro BEM — a gente parou e se entreolhou, pensando a mesma coisa: como explicar para o colega que não seria bacana dizer aquilo em cima do palco? Aliás, será que ele sabia mesmo o que estava falando? Momentos depois, Casper (claro!) passou pela gente e repetiu o "sou f*d@" com uma expressão de que sabia muito bem que aquilo não era tão permitido assim (sapeca, o garoto). Fizemos o papel chato de explicar que isso aqui era palavrão e que para um festival, com uma galera menor de idade, não pegava muito bem. No fim, ele ignorou e repetiu isso no palco algumas vezes (e no camarim também). Migo, a gente também acha que você é incrível!

5 — "Não somos bons o suficiente"

O último capítulo desta aventura foi, para nós, o mais curioso até hoje. Sabemos bem que a imagem que os estrangeiros têm do Brasil é a de que somos um povo muito animado em shows, que somos apaixonados e que as garotas são "quentes". Até aí tudo bem (mesmo que seja um estereótipo desnecessário, para não falar outra coisa). Durante o show do CROSS GENE, percebemos o enorme esforço dos garotos para agradar o público feminino, esforço real, fazendo gestos e dizendo frases de conquista. Acredito que tenha dado muito certo, porque a gente ouvia os gritos lá do backstage. E não tinha uma garota no público que não estava chorando de tanto sorrir e se sentindo amada. Então, qual não foi a nossa confusão ao ouvir Cabelo de Abacaxi se lamentando que eles não tinham sido bons o suficiente para os fãs?! Até vir a explicação. Nas palavras dele, traduzidas por uma descendente de coreano extremamente envergonhada de ter que dizer aquilo: "Não gostaram da gente, ninguém tirou o sutiã".

Vamos, eu vou dar um minuto para você rir também. A gente riu (depois de um momento de choque). E daí entendemos que eles realmente achavam que tirar o sutiã no Brasil era normal (cultural, sabe?) e significava que as meninas estavam curtindo o show, e não uma perversão (tanto do artista, quanto das fãs). SeYoung queria entender porque ninguém simplesmente ficou sem blusa lá no meio, como nos shows de rock que a gente vê por aí. Foi beeeeem inusitado explicar que isso pode acontecer em alguns eventos, mas que a gente não precisa tirar o sutiã pra dizer o quanto amou o show. A gente mostra isso aos berros, se descabelando e cantando as músicas mais alto que os astros mesmos.

No fim, foi um dos melhores shows de K-Pop a que eu já fui. Aliás, acho até que um dos melhores shows, ponto. O CROSS GENE foi embora achando o Brasil o lugar mais incrível a que já foram e com promessa de retornar. E a gente torce muito por isso, principalmente se nos render mais pérolas de bastidores como essas. E aí? Vocês gostaram? Aprenderam como conquistar as pessoas de acordo com o CROSS GENE? ∎

KIMCHI E GUARANÁ: UMA ÓTIMA MISTURA

COXINHA DE BIBIMBAP

Já que a gente adora uma mistura de culturas, que tal a fusão entre dois dos pratos mais populares no Brasil e na Coreia do Sul? Juntamos o salgadinho favorito das festas brasileiras com o "arroz e feijão" dos coreanos em um só! A receita é supersimples. Olha só:

INGREDIENTES:

Massa:
 2 ½ xícaras de chá de farinha de trigo
 1 xícara de chá de água
 1 xícara de chá de leite
 1 tablete de caldo sabor frango
 ½ xícara de chá de manteiga
 1 ½ colher de sopa de pasta de pimenta coreana
  (Gochujang)
 Sal a gosto.

Empanada:
 Água gelada (para molhar os salgados antes de empanar)
 Farinha de rosca Wickbold (o suficiente para empanar – e, sim, precisa ser dessa marca para deixar a coxinha sequinha, sem excesso de óleo)
 Óleo para fritar.

Recheio:
- 250 g de carne moída
- Legumes cortados (abobrinha, cenoura, pimentão amarelo, broto de soja e cogumelo shimeji ou preto)
- 1 cebola cortada em cubos pequenos
- 5 colheres de sopa de óleo de gergelim torrado
- 4 colheres de sopa de molho de soja
- 1 colher de café de açúcar.

MODO DE PREPARO:

A massa é superfácil (e você ainda pode usar para rechear da forma que quiser). Em uma panela, junte a água, o leite, o caldo sabor frango, a manteiga e o sal a gosto. Assim que as primeiras bolinhas de fervura começarem a subir, acrescente as duas xícaras de farinha de trigo, misturando tudo com movimentos circulares rápidos. Assim que formar uma bola, jogue um pouco da farinha restante em uma bancada (não esqueça de limpar antes, ok?) e transfira a massa para lá. CUIDADO! Vai estar BEM QUENTE, mas é necessário trabalhar com ela assim para dar o ponto certo. Misture bem com o auxílio de uma colher de pau, espátula e luvas para proteger as mãos. Agora é a hora de incorporar o gochujang aos poucos, uma colher por vez (e não se assuste com as mãos vermelhas. É só lavar depois! Você vai saber que chegou no ponto certo quando a massa não estiver mais grudando nas mãos nem na bancada, e você conseguir moldar as bolinhas já em temperatura morna. A cor da massa vai ficar com um tom de vermelho alaranjado, por conta da pasta de pimenta.

Para o recheio, prepare todos os legumes cortados em cubinhos pequenos. Em uma frigideira, refogue a cebola na metade do óleo de gergelim e depois junte os outros legumes e a carne moída. Refogue tudo junto por dois minutos. Em seguida, acrescente o molho de soja (aos poucos por causa do sal!), o açúcar e o restante do óleo de gergelim. O sabor deve ser levemente adocicado, de acordo com o paladar coreano. Tire a mistura do fogo e deixe esfriar até ficar em temperatura ambiente.

NOTA: Não tente rechear as coxinhas com a mistura de carne e legumes ainda quente e, apesar de muito saboroso, também não use o caldinho que ficar no fundo da panela (se o recheio estiver muito molhado vai interferir no ponto da massa e a coxinha vai explodir ao fritar).

Empanando e fritando: estamos quase lá! Separe um pouco da massa, mais ou menos o suficiente para abrir no tamanho da palma da sua mão. Coloque um pouco do recheio (só para lembrar: em temperatura ambiente, sem o caldo) e feche uma bolinha aos poucos, puxando o "bico da coxinha". Depois de moldar todas as coxinhas, é hora de empanar! Prepare um pote fundo com água e outro com a farinha de rosca. Nossas coxinhas vão tomar um banho de um segundo e, em seguida, vão dar um mergulho na farinha de rosca. Mexa o potinho para empanar a coxinha por inteiro e pronto!

Depois de empanar todas as coxinhas, coloque óleo suficiente para cobri-las em uma panela. O óleo precisa estar quente, mas se estiver soltando fumaça, uma dica: tire a panela do fogo, espere esfriar e comece de novo. Se o óleo estiver fervente, a coxinha vai queimar por fora em segundos e a parte de dentro da massa ficará crua. Frite a coxinha por uns cinco minutos em temperatura baixa e constante, até ficar bem douradinha. Escorra todas em papel toalha e é só saborear!

QUE TAL UMA MAIONESE DE KIMCHI PARA ACOMPANHAR?

Misture 1 colher de sopa da sua maionese preferida para cada colher de sopa de kimchi triturado sem o caldo. O sabor é bem mais suave para quem não consegue aguentar a pimenta muito bem, mas não quer perder o sabor mais tradicional da Coreia!

CHURRASCO COREANO: BULGOGI

Cada um tem o seu jeito de fazer o bulgogi, mas a maioria das receitas usa açúcar para dar aquele toque mais adocicado no churrasco. Só que esta receita que estamos compartilhando, além de ser segredo de família, leva fruta! A dica para a carne ficar macia e menos enjoativa é usar duas peras ou duas maçãs. E, sim, faz toda a diferença no sabor e na textura do contrafilé! Vai ser sucesso garantido nos almoços de domingo em família, ainda mais se for feito no carvão.

INGREDIENTES:
- 1/2 quilo de contrafilé fatiado bem fino
- 2 cebolas
- 6 dentes de alho
- 5 cebolinhas
- 2 peras ou 2 maçãs

Molho para marinar:
- 1 copo e meio de molho shoyu
- 1 colher de chá de sal
- 2 colheres de sopa de açúcar (ou usar mais peras ou maçãs raladas)
- Pitada de pimenta do reino
- Pitada de hondashi
- 5 colheres de sopa de óleo de gergelim

Modo de preparo: Deixe o contrafilé marinando nos ingredientes citados por algumas horas. Depois, faça um molho batendo no liquidificador a cebola, a cebolinha, o alho, as peras ou maçãs e uma xícara de água. Despeje o molho em uma bacia junto do contrafilé fatiado e deixe descansar na geladeira por um dia. Para servir, basta fritar a carne em uma frigideira e servir ainda quente. É uma delícia e é o match perfeito com reuniões de amigos e familiares! ∎

∞

JÁ ENTENDI QUE O K-POP É UM BURACO SEM FUNDO E QUERO PROSSEGUIR! POR ONDE COMEÇAR?

Não resistiu aos charmes da Hallyu e dessa loucura de universo de idols sul-coreanos, e quer saber o que ouvir primeiro? Ou já tem 29387420 fandoms de coração, e quer puxar os amigos para esse mundo? Cola na nossa, que é sucesso! Resolvemos listar aqui alguns MVs que você PRE-CI-SA assistir para entender melhor (e se apaixonar) pelo K-Pop.

▶ **"Mirotic" (TVXQ)** — O grupo é um clássico da segunda geração de idols. É um dos mais famosos do K-Pop e o MV é a cara dos anos 1990, com a pegada de boyband sexy e com um refrão inesquecível!

▶ **"Gee" (Girls' Generation)** — De um dos maiores grupos femininos da história da Hallyu, o MV dessa música é a cara do conceito "fofo", cheio de aegyo e não tem como não entrar em qualquer lista de clássicos. Pra virar ainda mais fã, ouça também "I Got a Boy", "The Boys", "Lion Heart" e "Holiday Night".

▶ **"Abracadabra" (Brown Eyed Girls)** — O BEG é pouco citado na história do K-Pop, mas tem sua marca e importância muito claras. É um grupo que sempre trouxe o empoderamento feminino e quebrava padrões de sexualidade nos MVs desde o

Republic of Korea/Flickr

começo. Fora que a coreografia de "Abracadabra" é icônica e foi até reutilizada em um dos vídeos do PSY!

▶ **"Sorry Sorry" (Super Junior)** — Além da coreografia sensacional, essa é uma das músicas mais famosas do K-Pop. Nenhuma lista seria completa sem os meninos do SuJu, e "Sorry Sorry" tem uma pegada eletrônica, com vozes mecânicas e um refrão pegajoso! Do grupo, também vale a pena assistir "Mr Simple", "Bonamana" e "Mamacita".

▶ **"I am the Best" (2NE1)** — Essa é aquela música de K-Pop que você pode não conhecer, mas já ouviu em algum lugar. Muito tocada em baladas, o MV é necessário porque mostra garotas que não ligam para opiniões alheias e uma coreografia que qualquer fã já tentou reproduzir.

▶ **"Haru Haru" (BIGBANG)** — Clássico dos clássicos, esse é um dos MVs favoritos dos VIP (o fã-clube do grupo) por vários motivos. Além da letra incrível, da melodia gostosa, das vozes sensuais e do ar de boyband que a gente adora, tem a presença da atriz Min Young e rola um forte fanservice entre GD e TOP.

▶ **"Nobody" (Wonder Girls)** — O grupo tem diversos hinos, mas esse MV é delicioso demais para ficar fora da lista. Começa com o JYP cantando e dançando, então a gente já gosta muito! Fora que tem toda uma pegada motown, de Diana Ross e The Supremes que precisa ser mencionada. O single foi lançado em inglês e mandarim ao mesmo tempo que em sul-coreano e foi um grande marco para a divulgação internacional da Hallyu, além do grupo ter feito a abertura de vários shows do Jonas Brothers pelos Estados Unidos na época.

▶ **"A.D.T.O.Y." (2PM)** — Não é a música mais clássica do 2PM e você pode (e deve) procurar por "Again and Again", "I'll be Back", "Heartbeat" e até "Hands Up". Mas aqui na lista a gente queria incluir uma música que faz as nossas cabeças girarem 360 graus e "A.D.T.O.Y." é a melhor opção! Sexy na medida certa e com vozes e batidas sensuais; não tem como não ficar encantado. Depois não diga que não avisamos, hein?

▶ **"Venus" (Shinhwa)** — Os oppas do K-Pop não poderiam deixar de ser citados neste livro! A importância deles para o estilo musical, como músicos e produtores, é indiscutível. Eles têm diversas outras músicas incríveis, mas "Venus" tem uma pegada boa de boyband e mostra como eles continuam com tudo em cima!

▶ **"Fiction" (BEAST)** — Os idols têm várias marcas no K-Pop e, agora com o nome HIGHLIGHT, merecem todo o nosso amor. Em "Fiction", vemos uma história  contada com expressões faciais dramáticas e uma coreografia icônica que dá vontade de imitar, embora a gente só pareça estar esfregando os pés no chão.

▶ **"Mona Lisa" (MBLAQ)** — Você também pode procurar por "Oh Yeah", mas "Mona Lisa" tem um ritmo contagiante que a gente adora! Da vontade de dançar do começo ao fim e a coreografia é muito divertida, com gestos clássicos do K-Pop, como aquele de passar a mão na boca de um jeito sexy, que sozinho já mereceria um lugar na lista.

▶ **"Sherlock" (SHINee)** — O MV é superdivertido, com uma história fofa e interpretações duvidosas. O clássico sussurro  "Shinee is back" introduz um ritmo dançante com uma coreografia que é linda de se ver. Sem contar a piada interna "soy un doriCHO" que só quem é das antigas vai entender e rir junto.

▶ **"Flashback" (After School)** — Este grupo é necessário no K-Pop e você precisa assistir a todos os MVs para saber do que estamos falando! "Flashback" é um clássico, por isso entra nessa lista.

▶ **"Only One" (BoA)** — Mais um ícone do K-Pop, BoA precisa ser enaltecida pela sua importância na Hallyu. Você pode ouvir "Only One" em inglês ou coreano e o clipe vai continuar sendo ótimo e com uma coreografia impecável. Muito respeito pela BoA e seus muitos anos de carreira!

▶ **"Loner" (CNBLUE)** — Ok, talvez o MV não seja incrível e seja até um pouco confuso, mas a música é icônica e vai deixar você cantarolando o refrão até o final da semana! CNBLUE é uma das bandas de K-Pop (ou K-Rock, depende do ponto de vista) que merece ser mencionada. Você também pode buscar por Day6, FTIsland, Lunafly e o clássico Busker Busker.

▶ **"NoNoNo" (APink)** — As garotas são incríveis e têm vários MVs dignos de serem assistidos e admirados!

"NoNoNo" é um dos nossos preferidos, mas procure assistir "Always", "My My" e "HUSH". Não tem como não virar fã!

▶ **"Please Don't" (Kwill)** — Só digo uma coisa: reviravolta. É um cantor solo de respeito!

▶ **"Roly Poly" (T-ARA)** — Se quiser um MV mais impressionante, você pode pular para "Day by Day", ou se quiser algo clássico, vá para "Bo peep bo peep", mas destacamos "Roly Poly" por ter uma pegada anos 1970 que merece ser admirada! É alegre, divertido e vai fazer você querer dançar junto. Fora o figurino delas que é impecável!

▶ **"Bad Girl, Good Girl" (MissA)** — O grupo tem uma pegada cheia de empoderamento que é superlegal! Nesse clipe, elas dançam, cantam, se alongam e rolam no chão de uma sala de balé e mostram como são lindas e talentosas. Além da música ser incrível. Você também pode assistir a "I Don't Need a Man", vale a pena.

▶ **"Hot Summer" (f(x))** — Esse MV é mais a cara do novo K-Pop, todo colorido, chamativo, provocante e muito animado. As meninas do f(x) merecem ser enaltecidas pela autenticidade, por até hoje serem quem elas querem ser, dentro ou fora do grupo, e porque a SM vive esquecendo que elas existem. Além do MV ter um tanque de guerra cor-de-rosa. Pois é!

▶ **"Crazy" (4Minute)** — Atual, cheio de referências ao pop americano e com muitas mensagens de empoderamento, é

com certeza um dos hinos que o 4Minute deixou para o K-Pop. A coreografia é sensacional e você com certeza vai querer fazer parte do clubinho com um chapéu que tem seu próprio nome escrito.

▶ **"Just Right" (GOT7)** — Totalmente atual, colorido, fofo, estranho até, com uma coreografia superdivertida e figurinos que a gente queria usar no dia a dia, GOT7 arrasou nesse MV! Você também precisa assistir a "Never Ever" e "Fly", se quiser se apaixonar!

▶ **"BOOMBAYAH" (Blackpink)** — Falando de coisas atuais no K-Pop, este MV é para assistir várias vezes! A coreografia é de tirar o fôlego e é uma música que fica na cabeça para o resto da vida. Não tem como ser mais jovem do que isso!

▶ **"The Chaser" (INFINITE)** — Vale a pena assistir à versão de dança desse MV porque a coreografia é maravilhosa! O INFINITE é conhecido por ser um dos grupos mais sincronizados do K-Pop e não é para menos. É só assistir ao MV para ver que não estamos mentindo!

▶ **"Hero" (Monsta X)** —A versão no topo do prédio é a mais legal, hein? Esse MV vai fazer você se apaixonar por esses garotos que dominaram o K-Pop em tão pouco tempo de atividade! E duvidamos que você consiga escolher um bias tão rápido, eles são todos tão incríveis...

▶ **"Call Me Baby" (EXO)** — A gente poderia citar "Overdose", "Monster", "Mama", "Lotto" ou qualquer outra música do EXO para vocês assistirem. Todas são incríveis, com coreografias sensacionais e uma musicalidade clássica do pop sul-coreano. Mas "Call Me Baby" é a favorita. EXO é EXO, né, amores? Mestres das longas tomadas de câmera.

▶ **"One Shot" (BAP)** — O clássico MV que tem uma história tão interessante que te prende e te faz esquecer que está assistindo a um clipe e não a um filme. "One Shot" tem ótima coreografia e mostra os vocais incríveis desse grupo que precisa ser cada vez mais amado pelos fãs de K-Pop.

▶ **"Russian Roulette" (Red Velvet)** — O clipe pode até parecer um pouco bizarro, mas as meninas do Red Velvet desempenham um ótimo papel nele, e a música é tão boa e a letra é tão pegajosa que você vai se ver viciado em menos de um minuto, querendo copiar os cabelos maravilhosos e as maquiagens singulares.

▶ **"Hello Bitches" (CL)** — A carreira solo da musa CL pode ser internacional agora, mas ela sempre trouxe muito empoderamento para o K-Pop. "Hello Bitches" é um ótimo exemplo, com o MV interpretado e produzido pela famosa coreógrafa Parris Goebel e suas dançarinas, a artista solta o verbo e rebola até o chão.

▶ **"Nillili Mambo" (Block B)** — Um MV com uma história divertida, figurino incrível, cenário diferentão do que o K-Pop está acostumado, coreografia fácil de memorizar e uma música animada que gruda como chiclete. Não vai te soltar de jeito nenhum. Vale assistir também a "Her", "NalinA" e "Very Good".

▶ **"Like OOH-AHH" (Twice)** — Vamos falar a verdade: zumbis e líderes de torcida juntos em um MV já o tornaria indispensável na sua lista, certo? Pois é, em "Ooh-Ahh",  o Twice ironiza o K-Pop, os fãs stalkers, os zumbis, as garotas boazinhas e toda a forma como a indústria musical coreana funciona, tudo de um jeito muito divertido. Uma obra de arte!

▶ **"Not Today" (BTS)** — Claro que os novos representantes da Hallyu estariam aqui. Além de "Not Today", que tem um visual lindo e uma música incrível, você pode assistir a "Fire", "Dope", "Blood Sweat and Tears", "We are Bulletproof" e muitos outros MVs que são de arrasar quarteirões e que transformaram gente do mundo todo em fãs de K-Pop.

Ok, a nossa lista está enorme, mas procure também por MVs de: VIXX, KARA, Winner, Ikon, EXID, CLC, Sistar, Secret, B1A4, Girls Day, IU, 2AM, Davichi, Rainbow, 9Muses, Orange Caramel, Teen Top, Boyfriend, Lee Hi, Ze:A, BP Rania, Akdong Musician, Crayon Pop, NU'EST, JJ Project, Lovelyz, K.A.R.D, Pristin, AOA, BTOB, Ladies Code, Stellar, UNIQ e Berry Good, só para começar! ∎

ALERTA DE HINO:

"Fantastic Baby" (BIGBANG) – O álbum Alive foi um enorme sucesso e "Fantastic Baby" se tornou um dos hinos da neo-Hallyu. Dançante e animado, que protesta a favor da música, o MV é um dos mais populares entre os fãs de K-Pop porque toda vez que toca, ninguém consegue ficar parado. WOW, Fantastic Baby!

A HALLYU DAS AUTORAS

A partir daqui é por sua conta e risco, hein? Abrimos a porta para que você use toda a sabedoria de um pesquisador de internet para se aprofundar nos artistas que mais te agradam. Que a força esteja com você! ㅋㅋㅋ

#TEAMBABI

Descobri o K-Pop por volta de 2011, quando uma amiga me apresentou aos dramas coreanos. Foi assistindo a *Boys Over Flowers* que todo o meu vício pela Coreia do Sul começou! Em 2012, comecei a falar de K-Pop no meu canal no YouTube, chamado GD Entretenimento (o programa é o "Fantastic Baby"), que foi o primeiro canal brasileiro a falar sobre este estilo musical com vídeos semanais. Hoje o canal leva o meu nome, mas o espírito é o mesmo! Participei de diversos eventos como apresentadora e jurada de concursos de covers, assisti a muitos shows e, em 2014, comecei a trabalhar na produção de alguns grupos que vieram ao Brasil, como Lunafly, NU'EST e CROSS GENE. Como me formei em Cinema, já estava acostumada a trabalhar com produção, tanto cinematográfica quanto musical. Foi incrível poder unir a minha experiência com algo que eu amo! Também em 2014, apresentei o primeiro show do BTS no nosso país. Foi a partir daí que entrei para a equipe do canal DramaFever Brasil, indicando dramas coreanos toda semana no YouTube e falando bastante de K-Pop. Sou escritora de romances juvenis e nos meus livros o pop coreano está sempre presente. Em *Sonata em Punk Rock*, por exemplo, a playlist oficial tem muito K-Pop e o personagem principal é sul-coreano. Os dramas me inspiram muito a criar novas histórias, então eu estou completamente mergulhada nesse universo!

> **Fã de:** Block B, BAP, BIGBANG, BTS e UKISS.
> **Ouça:** "Nillili Mambo" (Block B), "No Mercy" (BAP) e "WOW" (BTOB), porque eu gosto mesmo é das músicas divertidas, que fazem a gente querer dançar pela casa!
> **Coma:** Bibimbap. Além do prato ser bem bonito e colorido, é uma delícia.
> **Assista:** A todos os dramas com o Lee Min Ho e a Yoon EunHye. E Scarlet Heart: Ryeo!

#TEAMNATY

Por ser filha e neta de sul-coreanos, sempre ouvia música em casa, mesmo não entendendo a letra. Eu adorava cantar com meus avós no karaokê caseiro, principalmente as músicas lentas e trot. Foi no começo da adolescência, nos anos 1990, que comecei a criar meu gosto pessoal, e colecionava fitas cassetes com os principais hits sul-coreanos. Em 2003 encontrei pessoas que também gostavam de K-Pop; era a época do Orkut e fiz contato com vários fãs brasileiros de TVXQ e BoA nas comunidades e fóruns. Até 2010 eu era bem engajada nos fóruns e sites nacionais e internacionais relacionados a artistas das agências YG, SM e JYP, na considerada "primeira geração de fãs do K-Pop no Brasil". Nesse meio tempo, em outubro de 2008, junto de alguns amigos do Orkut, criei o primeiro blog e fórum de música pop sul-coreana, o SarangInGayo. A partir de 2010, ele se tornou um portal de notícias sobre entretenimento e cultura sul-coreana em geral. Hoje, é o mais antigo site brasileiro sobre o assunto e reconhecido pelo próprio governo e pelas mídias sul-coreanas como promotor da Onda Hallyu no Brasil. A paixão é tão grande que não se limitou apenas ao site e ao K-Pop, e hoje faz parte de associações e projetos com a comunidade e amigos coreanos para aumentar a visibilidade e inclusão dos descendentes na sociedade brasileira.

O SarangInGayo é a minha maior conquista e bênção. As pessoas que conheci, as oportunidades, os aprendizados e as experiências que obtive com ele me fizeram crescer e, obviamente, o K-Pop me ajudou pessoalmente de tantas maneiras que agradeço a Deus por nunca ter me permitido desistir. Gostaria de passar, para cada brasileiro que aprecia a cultura sul-coreana, essa paixão que meus pais e avós me ensinaram e tudo o que aprendi e vivenciei até aqui.

Fã de: Atualmente sou mais fã das músicas, sem saber exatamente quem é que canta, mas se colocar BLANC7, BIGBANG, BLOCK B, 2PM, GOT7, MONSTA X e HIGHLIGHT na minha frente, serei a fangirl que você mais respeita neste mundo!

Ouça: "We Belong Together" (BIGBANG) para quando estiver apaixonado, "H.E.R" (BLOCK B) para quando estiver muito feliz, "Nosedive" (Dynamic Duo feat. Chen) para quando estiver realmente cansado de tudo; e qualquer uma do HIGHLIGHT porque são boas demais para qualquer hora.

Coma: Qualquer sopa coreana: Kimchi Jjigae, DwengJang Jjigae, SollongTang, SamGyeTang, GalbiTang, Sundubu. E não se esqueça do Naengmyeon (macarrão gelado).

Assista: Infinite Challenge e qualquer outro programa de variedade coreana. É risada e divertimento na certa.

#TEAMÉRI

"Éri, vê esse clipe aqui. Achei sua cara!" E assim eu caía no buraco sem fundo do K-Pop, quando uma amiga resolveu colar o link de "I Am The Best", do 2NE1, no meu Facebook. Maluca por produção audiovisual, me encantei com a estética e o ritmo da música. Saí caçando mais sobre esse rolê. De 2NE1, caí em BIGBANG e BEAST! A partir daí, resolvi que deveria fazer algo a respeito. Sempre trabalhei com entretenimento, sou formada em Rádio e TV e Jornalismo e tenho especialização em Show Business pela On Stage Lab; então eu pulei fora do Pop Rock para abraçar o K-Pop de vez. Fiquei pouco mais de um ano na fanbase do BEAST, antes de aproveitar a oportunidade de traduzir textos para o SarangInGayo. Entre sugestões e trocas de ideias, me tornei assessora de imprensa do SIG, e, em seguida, editora-chefe do portal. Entre coberturas de eventos e matérias especiais que assinei, destaco a entrevista exclusiva com o BTS, em 2014, e a recente parceria com a Billboard Brasil. Apresentei alguns eventos de Hallyu, entre eles duas edições do Korean Pop Festival (evento de covers promovido pelo Consulado da Coreia do Sul e pela KBS). Na produção de eventos, fui produtora artística local do rapper Basick, e atualmente estou com planos em ação para reabrir uma produtora cultural, 10 anos após minha primeira empresa no ramo. ■

Fã de: HIGHLIGHT, 2NE1, BTS e MAMAMOO.
Ouça: "Body" (MinHo, do WINNER).
Coma: Samgyeopsal. Não há tristeza que uma boa panceta coreana não cure!
Assista: Não sou muito de dramas, mas Monstar é incrível e tem o Yong JunHyung atuando.

AGRADECIMENTOS

Quando um projeto é fruto do trabalho de pessoas com referências de mundo completamente diferentes, o denominador comum pra fazer essa equação dar certo só pode ser a paixão (e talvez um pouco de loucura?). É a paixão pela Hallyu que nos aproximou de gente (tanta gente!) que compartilhou, em algum momento, seus sonhos conosco. Este livro é uma das pontes que sempre quisemos construir para aproximar o Brasil da Coreia do Sul e levar o melhor da cultura sul-coreana a todos que buscam alguma inspiração e não sabem muito bem onde procurar. Mas para trazer o básico de um país tão rico é necessário mais do que paixão (por mais motivadora que ela seja): a nossa imersão na cultura sul-coreana só nos levaria até certo ponto. Portanto, nós agradecemos a todos que já fizeram (ou ainda fazem) parte da nossa história no K-Pop:

Colaboradores, parceiros, leitores e redatores que já vestiram a camisa do SarangInGayo com orgulho e nos ajudaram a trabalhar com transparência e ética ao longo de nove anos. Especialmente a nossa equipe: Laura Deniz, Maria Carolina Viana, Giullie Fernandes e Rocio Paik. Vocês são o nosso orgulho! Às fotógrafas Cinthya Tognini e Allana Cardoso, que têm seus cliques expostos ao longo do livro, mostrando toda a beleza desse universo da Hallyu e registrando momentos inesquecíveis de trabalhar com o que amamos.

Os jornalistas Estéfani Tonelli, Jack Hoepers e Letícia Siqueira, que abraçaram a cultura sul-coreana e fizeram dela seu hábitat natural ao aceitá-la como tema para o TCC. Um ano de fins de semana destrinchando o acervo de obras do Centro Cultural Coreano no Brasil, que resultou em quase 300 páginas de um conteúdo complexo e completo sobre a Coreia do Sul, com dados, pesquisas e informações valiosas para somar à nossa experiência e embasar o nosso Manual. Esperamos ter feito jus ao trampo de vocês.

A equipe da Editora Gutenberg por ser a casa perfeita para desenvolver um projeto tão próximo ao nosso coração, e a nossa agente literária Gui Liaga (Agência Página 7), a Mulher Maravilha por trás de tudo o que escrevemos, com madrugadas de edição, dias de amizade e uma vida de dedicação a cada detalhe junto com a gente, na nossa empreitada como escritoras.

ÉRICA: Agradeço à omma Dora (maior fã de K-Pop que você respeita), que me ensinou desde pequena que diferente não é errado e investe nos meus sonhos e projetos. Você é a minha fortaleza. À minha tia Darci e ao meu primo Luis Fernando por bancarem minhas graduações e meu início de carreira; aos amigos que "me perderam" para o K-Pop (ainda amo vocês, gente!); e ao Sérgio Duarte, "ilustrador, designer e melhor namorado do mundo nas horas vagas", que me inspira e me motiva a continuar.

NATY: Agradeço a Deus por tudo o que conquistei e pelo que sou hoje, é Ele que me abençoa continuamente e me mantém em Seu caminho. Aos meus familiares e amigos, agradeço sempre pelo apoio e por estarem presentes quando mais preciso. Mas o meu maior agradecimento vai para a minha irmã e melhor amiga Tatiana, que mesmo longe sempre me dá força, é minha confidente e meu apoio. Meu coração também é eternamente apaixonado e grato a cada brasileiro que faz parte do crescimento do SarangInGayo e da luta pela divulgação da cultura sul-coreana em nosso país. 감사합니다!

BABI: Agradeço aos meus leitores maravilhosos, amigos e família, que sempre me apoiam nos novos projetos e nessa vida cheia de música e livros; ao Sung, que me aguenta e me ouve falando de K-Pop o dia inteiro, mesmo quando eu canto tudo errado (te amo!); à minha editora Silvia, que sempre confia nas minhas ideias malucas, e à minha melhor amiga e agente, Gui Liaga, porque ela merece sempre mais do que um "obrigada". Deus encheu minha vida de pessoas incríveis e tudo é bem melhor porque todos vocês fazem parte dela comigo!

Este livro foi composto com tipografia Electra Std e impresso
em papel OffSet 90 g/m² na Formato Artes Gráficas.